가슴 뛰는 일을 찾아봐!

# 빅 보이

"진정으로 만족하는 유일한 길은
당신이 위대한 일이라고 믿는 일을 하는 것이다.
위대한 일을 하는 유일한 길은
당신이 사랑하는 일을 하는 것이다.
사랑하는 사람을 찾듯
사랑하는 일을 찾아라."

-스티브 잡스 Steve Jobs-

가슴 뛰는 일을 찾아봐!

# 빅 보이

글 고정욱

Ⅲ책담

# 진정한 꿈은 동사이다

　강연을 가서 꿈을 말해 보라고 하면 대부분의 학생들은 직업을 말한다. 학생들이 주로 얘기하는 꿈은 의사, 판사, 변호사 같은 고전적인 것도 있지만 요리사, 파티시에 같은 신종 인기직업도 있다. 그러면 나는 직업은 꿈이 아니라고 말해 준다.

　진정한 꿈은 동사이기 때문이다. 꿈은 무엇이 되어 어떤 일을 하는 것이어야 한다. 예를 들면 의사가 되는 게 꿈이 아니라 의사가 되어 북한의 허약한 어린이들을 치료하는 것이 올바른 꿈이라는 뜻이다.

　문제는 이 땅의 어린이, 청소년들이 꿈이 없다는 사실이다. 그런 그들에게 꿈이 동사라는 둥 명사라는 둥 얘기해 주는 건 어쩌면 어처구니없는 일일 수도 있겠다 싶었다. 당장 꿈이 없는데 어쩌란 말인가.

　그러다 문득 내가 작가의 꿈을 언제 갖게 되었나 생각해 보았다. 장애로 인해 의대 입학이 좌절된 뒤 성균관대학교 국문학과에 입학한 나는 무엇을 해야 할지 몰랐다. 그때 내

눈에 띈 사람은 소설가이자 우리 과 교수인 조건상 선생님이었다. 찬바람 부는 교정을 트렌치코트 깃을 세우고 걷는 그가 멋진 소설가라는 것이다. 그 순간 나는 꿈을 정했다. 나도 소설가가 되어 글을 써야지.

꿈은 이렇게 우습게 정해지기도 한다. 백 보 양보해서 직업일 수도 있다. 혹은 뭔가를 하는 행위일 수도 있다. 무엇이 되었든 제발 이 땅의 어린이, 청소년이 꿈을 정했으면 좋겠다. 그래야 인생의 목표가 생기고, 노력할 의지가 생기고, 더 나아가 자신의 삶을 개척할 수 있기 때문이다.

이 책에는 꿈과 직업에 대해 고민하기 시작한 이 땅의 청소년들에게 내가 해 주고 싶은 이야기를 담았다. 주인공 현준이는 남이 짜 놓은 프로그램대로 움직이던 스몰 보이였다. 하지만 멘토를 만나 꿈을 찾아 마침내 빅 보이의 길을 걷게 되었다. 이 땅의 청소년들도 현준이처럼 남들이 정해 놓은 꿈과 직업을 향해 달릴 것이 아니라 자기 스스로 길을 열고 자신만의 꿈과 직업을 찾아 달리게 되기를 바란다.

그리고 자신이 가장 잘할 수 있고 가장 즐거운 분야를 정해 힘껏 노력했으면 좋겠다. 결과는 전적으로 자신에게 달려 있지만 실패하더라도 후회는 없을 테니까.

2014년 가을
북한산 기슭에서 **고정욱**

제 1 장

# 레스토랑에서 만난 손님

축구에서 크로스를 정확하게 머리로 받아 골을 넣기 위해서는 다양한 물리학 법칙은 물론 화학 작용이 필요하다. 포물선을 그리며 날아오는 공을 받는 사람은 공의 낙하 지점과 높이, 속도를 빠르게 계산해야 하며, 그 공을 발로 찰 것인지 헤딩으로 넣을 것인지도 판단해야 한다. 이 모든 과정은 물리학의 법칙을 본능적으로 인지하고 있어야 가능하다. 그리고 그 공을 발로 차는 행동이 완성되기까지는 뇌에서 신경전달계에 의해 이뤄지는 화학 작용과 전기신호가 일어나야 한다. 그 작용과 신호의 명령을 받은 근육은 충실하게 계산에 따라 움직인다. 계산이 맞을 경우의 좋은 예가 2002년 월드컵에서 안정환이 이탈리아 골문을 가르고 멋진 헤딩슛을 성공시킨 것이다. 그렇지 않을 경우에는 수비수에게 막히거나 공을 그냥 흘려보내게 된다. 물론 남아공 월드컵 나이지리아와의 예선에서 헤딩으로 넣으려다 발로 차 넣은 이정수의 '예의 바른' 골도 있긴 하다.

현준이의 점프는 바로 그러한 계산에 의한 것이었다. 종민이가 날려 준 공을 헤딩하려고 힘껏 뛰어올랐다. 계산대로라면 공이 정확히 이마 한가운데에 맞아 골망에 걸려 출렁여야 했다. 그러나 머리에 공이 닿는 순간 눈가에서 번갯불이 번쩍 튀었다.

"아악!"

현준이는 그대로 눈을 감싸 쥐고 운동장 흙바닥에 나뒹굴었다. 골키퍼를 보던 민석이가 펀칭을 하다가 그만 주먹으로 현준이의 눈가를 강타한 거였다.

"미안, 미안, 미안……."

현준이가 주섬주섬 일어나며 말했다.

"아, 죽는 줄 알았네. 불꽃이 번쩍 튀었어, 인마."

"히히!"

민석이가 뒤통수를 긁적이는데 크로스를 날린 종민이가 달려오며 외쳤다.

"야, 머리 위에서 위성이 빙글빙글 노냐?"

만화를 좋아하는 녀석은 주먹으로 맞은 현준이의 상태를

그렇게 표현했다.

"야, 아파 죽겠는데 지금 농담이 나오냐? 피 나는 거 아냐?"

현준이가 축축한 느낌에 눈가를 다시 만졌다. 본의 아니게 가해자가 된 민석이가 애써 부인했다.

"야, 피가 아니라 땀이야. 약간 빨개 보일 뿐이야."

"아, 우리 엄마한테 혼날 텐데…… 멍들지 않을까?"

"나도 몰라."

"엄마가 축구하지 말고 빨리 오랬는데, 에이 참!"

세 아이가 하던 축구는 그렇게 해서 흐지부지되었다. 현준이는 바지에 묻은 흙을 툭툭 털고 공을 집어 들었다. 눈가가 시큰거렸지만 크게 다친 것 같진 않았다.

"에이, 집에 가자, 이제."

"그래, 그래, 나도 이따가 저녁때 수학 선생님 오신다고 엄마가 빨리 오랬어."

민석이가 골대 옆에 두었던 배낭을 메자 종민이도 자기 것을 찾아 되는대로 어깨에 걸쳤다. 축구공을 챙긴 뒤 세 아이는 운동장을 걸어 나왔다.

종민이와 민석이, 그리고 현준이는 학교 앞에 있는 점보스터디학원에서 함께 영어 강의를 듣는 아이들이다. 다들 운동을 좋아해서 이렇게 학원이 끝나면 어떻게 해서든 단 10분이라도 공을 차야만 직성이 풀렸다. 민석이와 종민이는 걸어갔고, 현준이는 운동장가에 세워 둔 자전거에 올랐다.

"야, 갈게."

"그래, 잘 가!"

"내일 또 보자!"

세 아이는 각자 뿔뿔이 흩어졌다.

온몸이 땀으로 축축하게 젖어 있었지만 자전거를 타고 천변을 달리는 기분은 나쁘지 않았다. 바람이 땀을 시원하게 말려 주자 상쾌한 느낌이었다. 도로를 따라 그대로 달려가다 보면 목적지인 엄마가 운영하는 레스토랑 '하이 소사이어티'가 나온다. 현준이는 휘파람을 불며 천변도로를 달렸다. 마주 오는 사람들은 달리기를 하는 할아버지나 아저씨들, 혹은 인라인 스케이트를 타는 형들이었다. 현준이처럼 자전거를 타는 사람도 많았다. 타이트한 운동복을 입은 누나들도 지나가곤 했다. 드러나는 볼륨 있는 가슴과 엉덩이를 훔쳐보며 현준이는 자전거를 달렸다.

엄마가 레스토랑을 연 것은 6개월 전이었다. 아빠가 하는 사업이 시원찮아지자 엄마는 살길을 도모해야 한다며 레스토랑을 하나 인수했다. 아니, 정확히 말하면 카페를 인수해 레스토랑으로 개조했다. 카페의 화려한 인테리어를 약간만 바꾼 엄마의 레스토랑은 콘셉트가 특이했다. 원래 요리하는 걸 좋아하는 엄마는 손님이 와서 주문을 하면 그때부터 혼자 모든 요리를 시작해서 하나하나 코스로 내놓았다. 주방장을 두고 하는 일이 아니어서 손님을 많이 받진 못했지만 시간이 흐르자 특이한 레스토랑으로 조금씩 알려지기 시작했다.

엄마는 예전부터 레스토랑을 운영하는 게 꿈이었다고 했다.

"현준아, 엄마 레스토랑 점점 잘될 거야. 좀 있으면《미슐랭 가이드》에 나올지도 몰라."

"《미슐랭 가이드》? 그게 뭔데?"

"너는……. 하긴 네가 그걸 어떻게 알겠니.《미슐랭 가이드》라고 여행자들을 위한 가이드북이 있어. 거기 소개되는 식당은 맛집으로 인정받았다는 뜻이야. 거기에 엄마 레스토랑이 소개되는 게 꿈이란다."

50이 넘은 엄마가 눈을 반짝이며 '꿈'이라는 단어를 말할 때 현준이는 고개를 갸웃했다. 꿈. 모든 사람이 꿈을 이야기한다. 마치 껌을 씹듯이 꿈을 말한다. 그 꿈의 실체는 사람마다 참으로 다양하다. 그건 씹던 껌을 뱉어 놓은 모양이 하나도 같은 게 없는 것과 비슷하다고 현준이는 생각했다.

엄마가 레스토랑을 연 뒤로 현준이의 생활 패턴도 조금은 변했다. 이전에는 학원 수업을 마치면 집으로 가서 엄마의 따뜻한 밥을 먹었는데, 요즘은 레스토랑으로 가서 엄마가 해 주는 그날그날 새로운 메뉴의 음식을 먹곤 했다. 어쩌다 집에서 밥을 먹을 때는 아빠와 둘이 대충 때우는 식이었다. 오늘도 운동을 하고 엄마의 레스토랑으로 가서 밥을 먹은 뒤 다시 집으로 가 공부를 할 계획이었다.

현준이가 자전거를 타고 둔치를 넘어서자 차도가 나타났다. 인도로 해서 자전거를 몰고 수유사거리를 지나 화계사 쪽으로 직진했다. 엄마의 식당 '하이 소사이어티'가 왼쪽으로 보였다. 레스토랑 앞에는 옛날에 카페에서 만들어 놓았던 나무 데크가 있었다. 데크에는 파라솔이 중앙에 꽂힌 테이블이 있었지만 카페에서나 써 먹을 수 있는 인테리어라 레스토랑에는 어울리지 않았다. 물론 가볍게 음료를 마시러 오는 사람들이 이따금 그 자리에 앉아 커피를 마시긴 했다. 자전거를 데크에 아무렇게나 기대 놓고 현준이는 레스토랑으로 들어갔다. 문을 열자 고소한 올리브유 냄새가 났다. 손님은 하나도 없었다. 주방을 들여다보며 현준이가 말했다.

"엄마, 저 왔어요."

"그래."

한창 프라이팬에 뭔가를 지지고 있던 엄마가 대답하는 소리가 들렸다.

"거기 앉아서 좀 기다려."

한쪽 구석 자리에 앉은 현준이는 휴대전화를 꺼내 인터넷 서핑을 하기 시작했다. 페이스북 뉴스피드를 살피며 친구 녀석들이 뭘 올렸나 보는데 역시나 민석이가 축구하면서 찍은 사진 하나를 재빠르게 올렸다.

> 오늘 현준이 눈탱이를 밤탱이로 만들었다 ㅋㅋㅋㅋㅋ
> 공을 펀칭하려다 잘못해서 현준이 눈에 맞았는데
> 피 나는 거 아니라고 했더니 벌떡 털고 일어나더라 ㅋㅋㅋㅋ
> 내일은 내 눈탱이가 밤탱이가 되는 건 아닐까?

현준이는 페이스북에 올라온 민석이의 글에 댓글을 달아 주었다.

> 너 땜에 눈탱이 개밤탱이 됐음 -_-

페이스북을 들여다보며 현준이는 이 소식 저 소식을 살폈다. 많은 사람들이 자기주장을 올리거나 격분하여 감정을 토로하고 있었다. 물론 대다수의 포스팅은 자기 자랑이었다. 무얼 먹었다거나 어디에 갔다는……. 그걸 들여다보며 세상에는 참 다양한 사람들이 다양한 생각을 하며 살아가고 있음을 실감했다.

잠시 후 엄마가 현준이를 불렀다.

"현준아, 자, 이거 가져다 먹어. 엄마 손님 오실 거라 밑반찬 준비해야 해."

엄마가 만든 것은 봉골레 스파게티였다. 현준이가 좋아하는 음식 중 하나였다. 조개 몇 마리가 입을 벌린 채 김을 모락모락 뿜고 있었다. 현준이는 주방 밖 카운터에 놓인 스파게티를 가져다 허겁지겁 포크로 면을 돌돌 말아 먹으며, 영어 단어장을 꺼내 눈으로 외우기 시작했다. 한 입 먹을 때마다 단어 하나를 외우는 식으로 머리에 집어 넣었다. 그렇게 다 먹고 나면 2, 30개의 단어를 외울 수 있었다.

그때 레스토랑 문이 열리더니 휠체어를 탄 사람이 들어왔다. 얼굴이 창백할 정도로 하얀 지체장애인이었다. 그 뒤에 모자를 쓴 중년 사내가 휠체어를 밀고 있었다. 휠체어를 탄 남자는 창백한 얼굴과 달리 자신감 넘치는 목소리로 엄마에게 인사를 했다.

"안녕하세요, 예약되어 있죠?"

"어머, 선생님! 어서 오세요. 당연하죠. 이쪽으로 앉으세요."

엄마는 반색을 하며 테이블 한쪽 의자들을 치우고 있었다. 그 자리에 휠체어가 들어가 자리를 잡자, 같이 온 모자 쓴 사내도 맞은편 자리에 앉았다. 두 사람이 테이블을 사이에 두고 마주 앉자 엄마가 말했다.

"늘 드시던 걸로 준비하면 되겠죠?"

"네, 좋아요. 금수강산 코스, 그걸로 주세요."

"저, 오늘은 가지가 싱싱해서 조려 봤어요. 그게 코스에 들어갈 거예요."

"아, 네, 네. 사장님이 해 주시는 건 다 맛있어요. 저희들은 뭐 선택의 여지가 없지 않습니까?"

휠체어를 탄 사람이 우렁우렁한 목소리로 말했다.

"호호, 죄송해요."

"왜 꼭 손님이 음식을 선택해야 해요. 주인이 선택해서 먹으라고 하면 먹기도 해야지. 하하하하!"

모자 쓴 사람도 유쾌하게 웃으며 받았다.

현준이는 이 손님들이 여느 손님과는 조금 다르다는 느낌을 받았다. 대개 엄마의 레스토랑에 처음 오는 사람들은 왜 메뉴판이 없느냐고 따지거나, 이상한 곳이라며 들어왔다가 나가기도 했다. 그런데 저 사람들은 오히려 주인이 우선이라는 식으로 역발상을 하는 거였다. 고개를 갸웃하며 현준이는 눈 깜짝할 사이에 봉골레 스파게티를 다 먹어 치웠다.

"엄마, 여기."

접시를 카운터에 얹자 엄마는 그걸 받아서 설거지통에 담그며 물었다.

"너 바로 집에 갈 거야, 아님 더 있을 거야? 잠깐만, 가만 있어 봐."

그제야 엄마는 현준이 얼굴을 제대로 쳐다보고는 급하게

불러 세웠다.

"어머, 눈 왜 그래, 너?"

축구하다 주먹에 맞아 부어오른 오른쪽 눈을 본 것이다.

"아, 별거 아니에요."

"이리 와 봐. 별거 아닌 게 아닌데?"

엄마는 젖은 손으로 현준이의 양 볼을 잡고 눈가를 살폈다.

"아니, 너 누구한테 맞았니?"

"아니, 맞은 게 아니라……."

"누가 너 때렸어? 빨리 말해 봐. 요즘 학교 폭력이 문제라던데 누구한테 맞은 거야, 너?"

"아, 엄마, 그게 아니고요."

난감했다. 엄마는 학원 끝나자마자 바로 레스토랑으로 오라고 했는데, 축구한 이야기를 하면 분명 잔소리를 쏟아낼 테니 말이다.

"너 축구했지?"

역시 이 세상 모든 엄마는 귀신이다. 이럴 땐 한시라도 빨리 이실직고하는 게 답이다.

"예에. 민석이하고 종민이하고 조금……."

"이거 봐! 공으로 맞은 거야?"

"아니 공이 아니라, 민석이가 펀칭하다가 스쳤어요."

"아휴, 이게 뭐야! 약 발라야지 이거. 부어오른 것 좀 봐.

아주 그냥 탱탱 부어올랐네!"

멀찍이서 지켜보던 휠체어 사내가 대화에 끼어들었다.

"허허, 사장님. 아드님 몇 학년이에요?"

"중 3인데, 이렇게 공부도 안 하고 놀기만 해요."

"아유, 중 3이면 지금 한창 혈기왕성할 때 아닙니까. 운동
도 하고 그래야죠."

보통 이럴 때 어른들은 엄마 말 잘 들으라고 훈수를 하곤
하는데 휠체어 사내는 자신의 편을 들어 주었다. 현준이는
기분이 이상했다.

"현준아 인사드려. 이분, 김청강 선생님이셔. 작가 김청강
몰라?"

들어 본 것 같기도 했다.

"글쎄요?"

"저기 있잖아, 책."

엄마는 레스토랑 한쪽 구석을 서가로 꾸며 놓고 평소 즐겨
읽는 책들을 꽂아 두고 있었다. 소설, 에세이, 기행문 같은
책들 가운데서 한 권을 꺼내 오면서 엄마가 말했다.

"이거 봐 이거, 이 동화책. 이 동화책 쓰신 선생님이야."

《집 나간 개 뽀삐》라는 책이었다. 그 동화책은 기억이 났
다. 초등학생 시절 학교에서 권장도서라고 해서 읽은 적이
있다.

"어, 이거 내가 옛날에 3학년 때 읽었던 거 아니에요?"

"그래! 이거 쓰신 분이야!"

책 표지를 보니 정말로 '글 김청강'이라고 쓰여 있었다.

"인사드려."

"아, 안녕하세요?"

작가를 이렇게 직접 만난 건 처음이었다. 현준이는 김청강이라는 작가가 장애인일 거라곤 꿈에도 생각하지 못했다.

"그래, 그래, 반갑다. 너도 내 책 읽었구나. 하긴 뭐 권장 도서니까 많이들 읽었겠지. 그런데 내용도 기억나니?"

대답을 제대로 못 하고 머뭇거리자 맞은편에 있는 모자 쓴 사내가 불쑥 물었다.

"너 책 많이 안 읽는구나?"

"네? 에에…… 네."

그러자 김청강 작가가 말했다.

"녀석, 솔직해서 좋다. 인사드려. 이분은 시인이셔. 신여산 선생님이야."

"안녕하세요."

엄마 레스토랑에는 특이한 손님들만 오는 것 같았다. 작가에다 시인이라니.

"이 책 내용 기억나니?"

김청강 작가가 다시 물었다.

"아…… 글쎄요. 개가 집 나갔다가 돌아오는 거 아니에요?"

"맞아. 집 나갔던 개가 그야말로 개고생하고 돌아오지. 그래도 읽긴 읽었구나. 내가 쓴 건 줄은 몰랐니?"

"네, 전 작가 이름은 잘 몰라요."

"왜? 정말로 책에 관심이 없구나?"

"책은…… 별로예요."

현준이가 머뭇거리며 대답했다.

"이런, 책을 많이 읽어야 공부도 잘할 수 있는데."

김청강 작가는 다시 엄마한테 시선을 돌려 이야기했다.

그사이에 현준이는 슬그머니 다시 자리로 돌아가 《집 나간 개 뽀삐》를 펼쳐 보았다. 연필로 해 놓은 낙서를 보자 기억이 하나하나 떠올랐다.

오민석♡이지아
이종민♡박민지

"풋!"

민석이와 종민이가 좋아하던 여학생들 이름이 쓰여 있었다. 초등학교 동창인 녀석들과 그때부터 단짝이었다는 걸 생각하니 빙그레 웃음이 나왔다.

엄마는 음식을 내놓으면서 계속 김청강, 신여산과 대화를 나누었다. 현준이는 그 이야기를 귓등으로 듣는 둥 마는 둥했다. 자기에 대한 이야기였지만 현준이는 별로 관심이 없었다. 엄마는 누가 됐건 붙잡고 저런 식으로 수다를 떨었다.

"아휴, 우리 현준이는 책을 잘 안 읽어요."

"그렇군요. 독서력이 있어야 나중에 어른이 돼서도 지혜롭게 살 수 있을 텐데."

"그러게 말이에요. 인문학적 소양이 있어야 하지 않겠어요? 그런데 쟤가 소양이 없어서 큰일이에요."

엄마는 어디서 들었는지 소양이라는 말을 여러 번 반복하면서 대화를 이어 나갔다. 그러자 신여산 시인이 말했다.

"왜 모든 사람이 소양이 있어야 해요? 먹고사는 거 잘하면 됐지. 소양 많아 봐야 오히려 사는 게 피곤할 수 있습니다. 절 보십시오. 평생 소양 있게 시만 썼지만 요즘 누가 시를 읽습니까. 허허허!"

"어디 그게 시뿐입니까. 문학이 다 그렇지."

김청강 작가도 똑같은 이야기를 했다. 현준이는 두 사람이 참 기이하다는 걸 새삼 느꼈다. 자기 일을 남의 일처럼 이야기하고 있었고, 대단히 가학적인 태도로 스스로를 조롱하며 즐기는 거였다. 자기 또래의 아이들은 다들 자기가 잘났다고 뻐기는 식으로 이야기를 하곤 했다. 그와 비교하면, 자신

들을 스스로 비아냥대며 비웃는 저들의 모습은 참으로 특이
했다. 그런 생각을 하며 현준이는 뒤적거리던 동화책을 다
시 서가에다 꽂았다. 그리고 냉장고를 열고 주스를 하나 꺼
내 마셨다. 집에 빨리 가야 했지만, 유명 문인이라는 두 사
람이 어떤 이야기를 나누는지 궁금했다.

"그래서 말씀인데, 아, 우리 애를 어떻게 하면 책을 읽게
하죠?"

엄마는 집요했다.

"지금 아드님을 보아하니 운동을 참 좋아하는 것 같네요.
성적은 어떤가요?"

"성적은 반에서 거의 톱이에요."

그러자 신여산 시인이 물었다.

"아니, 책 읽는 걸 싫어하는데 어떻게 톱이 될 수 있죠?"

김청강 작가가 대답했다.

"그럴 수 있어요. 요즘 아이들은 부모가 다 프로그래밍해
놨잖아. 학원 다니면 학원에서 요점 잡아 주고, 과목별로 이
런 거 이런 거 나온다 그러고, 들입다 외우라 그러거든. 그
대로만 외우면 돼. 아, 학원에서 심지어는 자기 주도 학습이
라 그러면서 계획표를 짜 준다고. 그게 무슨 자기 주도야.
타인 주도지. 근데 하여간 애들이 그냥 시키는 대로 공부하
고 문제 풀고 테스트에서 통과하고 하다 보면, 학교에선 성

적 우수자야."

"그래? 우리 때는 자기 스스로 알아서 공부하고, 공부 안 하는 놈은 안 하고 그러지 않았나?"

그러자 엄마가 고개를 끄덕였다.

"제가 전에 보험 일도 하고 이것저것 했거든요. 그러다 보니 재를 집에서 돌볼 수가 없어서……. 지금은 또 레스토랑 하잖아요. 이러니 애를 학원으로 돌릴 수밖에 없었죠."

현준이는 학원과 과외에 이골이 나 있는 아이였다. 엄마들 사이에는 사교육 커뮤니티가 있었다. 엄마들은 어느 학원이 좋다더라, 어느 강사가 잘 가르친다더라 같은 정보를 교환했다. 이곳 강북도 예외는 아니었다. 엄마는 다른 엄마들의 이야기를 들어 보고 그런 정보를 바탕으로 현준이가 다닐 학원을 고르곤 했다. 외아들인 현준이는 어려서부터 범생이로 자랐기에 엄마가 시키는 일이면 뭐든 거부하지 않고 해냈다.

"그래서 말인데요, 선생님. 재를 어쩌면 좋을까요. 선생님 같은 분들이 좋은 말씀 좀 해 주세요."

엄마가 가지조림을 내놓으며 말했다. 두 사람은 대답 대신 연신 음식을 칭찬했다.

"아유, 맛있습니다. 살살 녹습니다."

음식 이야기와 자신의 이야기가 뒤섞여 엉망진창이 되는

것 같았지만 현준이는 조용히 듣고만 있었다.

"현준이가 운동을 좋아하면 분명히 축구랑 야구도 좋아할 것 같은데요?"

현준이는 뜨끔했다. 가장 좋아하는 종목이 축구와 야구였기 때문이다.

"말도 마세요. 그냥 좋아하기만 하는 줄 아세요? 맨날 공부할 시간에 중계방송 본다고 난리예요."

김청강 작가가 고개를 돌려 현준이를 힐끗 바라보더니 물었다.

"너 혹시 잉글랜드 프리미어리그라든가 메이저리그 야구 같은 거 좋아하니?"

귀가 번쩍 뜨였다. 현준이는 텔레비전에서 해 주는 웬만한 경기는 다 챙겨 보는 편이었고, 그뿐만 아니라 리그에 속한 대부분의 선수들 기록을 꿰고 있었다. 공부를 하다가, 엄마 아빠가 잠자는 밤늦은 시간에도, 유럽 챔피언스리그 경기라든가 메이저리그 야구 경기는 스포츠 채널을 통해서 꼭 봐야 직성이 풀렸다. 당장 어제만 해도 새벽 4시에 하는 레알 마드리드와 바이에른 뮌헨의 챔피언스리그 4강 1차전을 부모님 몰래 봤다. 그렇게 새벽에 경기를 보다 보면 아침에 늦잠을 자는 경우도 부지기수였지만, 그렇다고 경기를 포기할 순 없었다. 여전히 현준이의 눈앞에는 크리스티아누 호날두의 화려한 드리블과 이케르 카시야스의 슈퍼 세이브가 아른 거렸다.

"네. 좋아해요. 선수들 기록도 좀 알아요."

"쟤가 그런 거 외울 시간에 공부를 하면 아마 전교 1등도 할 거예요. 근데 그렇게 하지 말라고 해도 축구랑 야구에 미쳐 가지고 어느 선수가 어쨌다 저쨌다……."

엄마가 또 불평을 쏟아냈다. 저 이야기는 수십 번도 더 듣는 거였다. 하지만 엄마의 그 이야기에는 약간의 미묘한 감정이 섞여 있다는 것을 현준이는 안다. 쓸데없는 걸 외우고 있다고 하지만, 엄청난 양의 데이터 암기를 즐긴다는 것을 엄마는 은근히 아들의 머리가 좋다는 식으로 사람들에게 과시하려는 거였다. 김청강 작가는 고개를 끄덕였다.

"으음. 너 스포츠 마니아구나."

자기에게 마니아라고 말해 준 사람은 하나도 없었다. 당장 엄마 아빠만 해도 자신이 그런 걸 달달 외우고 경기를 관람하는 것을 좋아하지 않았다. 친구들도 다들 스포츠 '덕후'라고만 했다. 마니아라는 말을 써 준 사람은 처음이었다. 감격스러워 울컥 눈물이 날 뻔했다.

"보는 것도 그런데 하는 것에도 빠졌어요. 같이 야구, 축구하는 친구들도 있어서 맨날 다리 까져 가지고 오고."

엄마가 끼어들었다.

"그래서인가, 체력 좋아 보이는데요? 몸도 날쌘 것 같고."

그는 작가라 그런지 관찰력이 뛰어난 것 같았다.

식사를 마친 김청강 작가가 디저트를 먹으면서 물었다.

"넌 꿈이 뭐냐?"

"저요?"

"음, 이리 와 봐."

현준이가 맞은편에 앉자, 엄마는 디저트로 아이스크림을 가져오면서 현준이에게도 한 숟가락 퍼 주었다. 네 사람이 테이블 하나를 사이에 두고 마주 앉게 되었다.

"저는 반도체공학과나 컴퓨터공학과 같은 공대에 가 가지고요."

"음, 공대 가서."

"삼성전자에 취직하는 거요."

"삼성전자? 왜?"

"그냥요. 돈 많이 준다고 그래서요. 처음에는 기간제로 들어갔다가 2년 뒤에 정규직이 될 수 있대요."

"하하하…… 그래? 삼성전자, 최고의 회사지. 으음. 맞아. 들어가면 좋지."

그러자 엄마가 말했다.

"애가 이래요. 무슨 돈 많이 버는 게 꿈이래. 어쩌다 애가 이렇게 됐나 몰라."

엄마의 그 이야기 역시 이중적이었다. 뭔가 그럴듯한 꿈을 말해야 한다고 하면서도, 삼성전자 들어가서 돈 많이 번다는 것 자체는 싫지 않은 기색이었기 때문이다. 김청강 작가가 고개를 끄덕이더니 말했다.

"으음. 내가 재미난 이야기 하나 해 줄까?"

현준이는 고개를 끄덕였다.

"내가 이렇게 휠체어를 타잖아. 고등학교 다니던 시절이었나, 나는 자전거를 타고 다녔어."

"자전거를 어떻게요?"

"하하. 내가 탄 건 아니고. 친구가 나를 태워 줬지."

"친구가요?"

"그래. 우리 집에서 학교까지 거리가 한 500미터 됐는데, 절친 녀석이 아침이면 우리 집으로 오는 거야. 그리고 자전거 짐받이에 나를 태워 주지. 가방은 양쪽 핸들에다가 걸고. 그렇게 그 친구가 나를 태워서 매일 학교에 가곤 했어. 그래서 교실에 내려 주면 나는 거기서 공부하고, 수업이 끝나면 그 친구가 나를 다시 자전거에 태워서 집에 오곤 했지."

"아, 네……."

"그 친구 이름이 석환이야. 그래서 나는 그 석환이라는 친구하고 우정을 쌓게 되었단다. 매일 비가 오나 눈이 오나 그 친구가 나를 태워다 주었어. 그리고 그 친구는 자전거를 아주 잘 탔지. 운동신경이 발달한 친구였단다."

"어디 살았는데요?"

"음, 우리 집에서 좀 떨어진 데 사는 친구였어. 뭐 그렇다고 아주 먼 건 아니고 자전거 타고 10분 정도면 올 수 있는 거리였지. 우리 때는 자전거 타고 학교 다니는 애들이 많았어. 학교에 들어가 보면 운동장 담벼락에 자전거 수백 대가 쫙 묶여 있었거든. 참 장관이었지. 선생님들 자전거도 있었고 학생들 자전거도 있었단다. 그렇게 자전거를 타고 다닐 때에는 언제 어른이 되나 하는 생각을 하곤 했어. 나도 너 같은 시절이 있었단다."

현준이가 고개를 끄덕이며 김청강 작가의 말에 집중하고 있을 때였다. 아빠한테서 메시지가 왔다.

> 현준이, 수학 선생님 오셨는데.

"아차! 수학 과외!"

이야기를 듣다 보니 수학 과외 선생님이 오시는 시간이 되었다. 엄마는 또다시 펄쩍 뛰었다.

"아니, 너 어떻게 된 거야? 수학 선생님 몇 시에 오시기로 했는데?"

"7시까지…… 어? 벌써 7시 다 됐네?"

"빨리 안 가!"

엄마가 고래고래 소리를 질렀다. 현준이는 재빨리 일어나 자전거를 끌고 집을 향해 달려갔다. 한참 자전거 페달을 밟던 현준이는 그제야 생각했다. 김청강 작가의 이야기를 다 듣지 못하고 왔다는 사실을.

제 2 장

# 집에 있는 아빠

쉬는 시간이 되자 아이들은 삼삼오오 모여 교실 이곳 저곳에서 수다스럽게 떠들어댔다. 어떤 녀석은 만화나 게임 이야기를 했고, 어떤 녀석은 여자 친구랑 놀았다고 너스레를 떨었다. 각자의 관심사는 그렇게 끊임없이 변하고 발전하는 것 같았다. 현준이는 종민이가 평소와 다르게 뭔가를 들여다보고 있는 걸 보고 물었다.

"야, 뭐 하냐?"

어깨를 툭 치자 종민이는 보던 책을 들어 보이며 말했다.

"응, 《띨띨한 삼식이》."

녀석이 들고 있는 것은 두툼한 소설책이었다.

"웬일? 만화만 보더니."

"이거 만화만큼 재밌어."

"그래?"

"소설이야, 청소년 소설. 띨띨한 삼식이라는 애가 사고 치는 건데, 완전 웃겨."

"어디 봐."

민석이도 다가와 책을 들여다보았다.

종민이는 어려서부터 만화광이었다. 그래서 모든 일을 만화적으로 생각했다.

일본 만화에 심취한 녀석은, 전철을 타러 갈 때도 전동차가 들어오는 소리에 '고오오오오~'라고 외쳤다.

"야, 그게 뭐야?"

"일본 만화 보면 차가 '고오오~' 하고 들어오잖아. 자세히 들어 보면 그렇게 들리기도 해."

아무리 들어 봐도 그게 '고오오~'로 들리진 않았지만 일본 만화에서는 그렇게 표현하는 것 같았다.

"야, 우리는 닭이 '꼬끼오' 운다 그러는데 미국 사람들은 '코코둘두'라잖아. 그렇게 다 다른 거야."

민석이도 아는 척을 했다.

"그렇구만."

현준이는 그런 생각을 하며 종민이가 보던 책을 자세히 들여다보았다. 그림이라곤 한 장면도 없는 글자투성이 소설이었다.

"이거 재밌냐? 그림 하나도 없는데?"

"소설이잖아. 소설에 무슨 그림이 있냐? 야, 이 작가 책 우리 어렸을 때부터 많이 봤잖아."

"누군데?"

"김청강."

"으에?"

현준이는 깜짝 놀랐다. 책 표지를 보니 정말로 '지은이 김청강'으로 되어 있었다. 책을 펼쳐 보니 작가소개도 자세히 나와 있었다. 게다가 이미 초판을 40쇄나 찍은 초베스트셀러 작품이었다.

"우아. 이 책 엄청 팔렸나 보다."

"중딩이나 고딩 치고 이 책 모르면 간첩이래."

"정말이야? 근데 왜 난 몰랐지?"

"이거 하도 웃겨서 만화로도 나왔는데 난 만화부터 봤거든. 근데 만화 보다 보니까 원작 소설을 읽고 싶어지는 거야."

"야, 소설도 만화가 되고 막 그러냐?"

현준이가 아무것도 모르겠다는 표정으로 물었다.

"책 좀 읽어, 이 멍청아. 소설이 만화가 되기도 하고 만화가 영화가 되기도 하고 장르를 뛰어넘는 게 요즘 추세야. 그

최민식 나오는 영화 있잖아. 〈올드 보이〉. 그거 원래 일본 만화였어."

"저, 정말? 몰랐어."

"〈설국열차〉도 프랑스 만화였고. 야, 너 너무 만화라고 무시하지 마. 만화야말로 콘텐츠의 보고라고."

종민이가 기회는 이때라는 듯이 떠들었다.

"근데 김청강 이 사람, 며칠 전에 만났는데."

현준이가 대수롭잖게 말했다.

"며칠 전? 어디서? 휠체어 탄 장애인이라던데?"

종민이가 깜짝 놀라 물었다.

"맞아. 이 사람 장애인 작가야. 우리 엄마 레스토랑에 왔어."

"그래? 완전 대박!"

대화가 이어지자 다른 녀석들도 관심을 보였다. 몇몇 아이들이 다가왔다.

"사인 좀 받지 그랬냐?"

그건 미처 생각하지 못했다. 사인은 연예인이나 스포츠 선수에게나 받는 건 줄 알았다. 호날두나 메시가 왔다면 현준이도 목숨 걸고 사인을 받았겠지만 작가에게 사인을 받아야 한다는 생각은 해 본 적이 없었다.

"와 짱! 그분 너희 엄마 레스토랑에 자주 오시냐?"

종민이가 물었다.

"응, 우리 엄마랑 친한 것 같았어."

"야, 언제 사인 좀 받아다 줘. 나 그 사람 책 많이 읽었어."

"나도, 나도."

민석이를 포함한 몇몇 아이들이 맞장구를 쳤다.

"우리 초등학교 때 그거 권장도서였잖아. 너 기억 안 나냐?"

"권장도서? 그, 그랬지……."

아이들은 작품 이름을 마구 쏟아 냈다. 현준이도 듣고 보니 어쩐지 귀에 익은 제목들이었다.

"우리 초등학교 때 그 책들로 독서 골든벨도 했잖아."

"그랬나? 기억이 잘 안 나는데……."

초등학교 때 권장도서라곤 했지만 현준이는 그런 책을 읽은 기억이 별로 없다. 엄마가 늘 직장 생활을 했기 때문에, 학교에서 가정통신문을 나눠 줘도 돈을 보내라는 거나 꼭 필요한 것들만 체크했다. 나머지, 이를테면 권장도서를 구매해 읽으라든가 하면 엄마가 돈을 주어 대충 해결하곤 했다. 그 대신 현준이는 학원을 돌기 바빴다. 학원을 다니며 책을 읽는 것보다 성적을 올리기 위해 노력을 해 왔고 결과적으로 지금 현준이는 우수한 성적을 거두는 모범생이 되어 있었다. 물론 그건 학원의 강의를 성실히 듣고 문제집의 문제들을 손목이 아프도록 풀었기에 가능한 일이다.

수업이 다시 시작되었지만 현준이는 며칠 전에 만난 김청강 작가에 대해 계속 생각하고 있었다. 그 정도로 그가 아이들에게 유명한 줄은 몰랐다. 슬슬 관심이 동했다. 갑자기 그때 김청강 작가가 해 주던 이야기가 생각났다. 자전거를 타고 학교를 다녔다는데, 그 뒷이야기를 듣지 못했던 것이다. 현준이는 장애인이 자전거를 타고 학교에 다녔다는 이야기를 처음 들어 보았다. 보통은 휠체어를 타야 할 것 같았는데 말이다. 신기하게 느껴졌다.

그날 학원에 가면서 현준이는 단짝들에게 말했다.

"김청강 작가 말이야, 원래는 휠체어를 탔는데 학교 갈 때는 자전거를 타고 다녔대."

"다리가 불편해서 휠체어 타는 장애인이 어떻게 자전거를 타냐?"

민석이가 말도 안 된다는 표정으로 물었다.

"아무튼 글쎄, 친구가 자전거를 태워 줬대."

"그러냐?"

"응. 친구가 태워 줘 가지고 학교를 다녔다는데, 그 다음 이야기를 못 들었어."

"왜?"

"과외 땜에. 수학 선생님이 오셔 가지고 집에 가야 했거든."

학원으로 들어가는 아이들은 1분 1초라도 더 떠들려고 기를 썼다. 수업이 시작되면 전혀 떠들지 못하기 때문이다. 이는 마치, 현준이가 아빠한테 들은 군대 시절 얘기와 비슷했다. 군인들이 복귀하는 날 마지막 순간까지 부대 앞 가게에서 술을 마시다 들어갔다는.

학원을 마치고 집에 들어가자 아빠가 뭔가를 요리하고 있었다.

"아빠, 다녀왔어요."

"음, 왔냐?"

아빠와 현준이는 밥에 찌개 하나만 놓고 먹기 시작했다. 하도 여러 번 끓여 봐서인지, 아빠의 된장찌개는 그런대로 먹을 만했다. 밥을 먹는 동안 아빠는 신문을 펼쳐 놓고 한쪽 눈으로 신문을 훑었다. 묵묵히 밥을 먹던 현준이가 물었다.

"아빠, 혹시 김청강 작가라고 아세요?"

"김청강? 모르겠는데?"

"동화도 쓰고 소설도 쓴다고 하던데요?"

"그래? 무슨 소설을 썼는데?"

"몰라요, 동화책을 많이 썼다니까…… 아빠는 모를 수도 있겠네요."

"검색해 보지 뭐."

스마트폰을 꺼내 검색하던 아빠가 눈을 동그랗게 떴다.

"어어. 20년 전에 이 소설 나도 읽었는데."

"그래요?"

"이게 이때 베스트셀러였어. 역사 소설이었는데, 장안의 화제가 되었지. 사람들이 이순신 장군을 영웅이라고 떠받들 때, 이 양반이 쓴 소설은 이순신의 라이벌인 원균을 영웅이라 해 가지고 난리가 났었어. 그때 관심이 생겨서 나도 한 권 사서 봤던 기억이 난다. 근데 그 사람은 왜?"

"엄마 가게에 왔더라고요."

"그래? 이 부근에 사시는 모양이구나?"

"장애인이었어요."

"맞아. 그때도 장애인이라고 했던 기억이 난다. 장애인이 역사 소설을 쓰기에 아빠는 아, 장애인이라 현실 소설은 쓰지 못하는구나, 라고 생각했지."

"왜요?"

"경험이 부족하잖아. 경험이 많아야 소설을 쓰는 건데."

"그래요? 경험이 중요한 거예요? 모르겠어요, 잘."

"작가가 되려면 경험이 있어야지. 자전거를 타 봐야 자전거 타는 주인공에 대해 쓸 거 아냐?"

"그러면 동물이야기 쓸 때는요? 동물이 될 수는 없잖아요."

"물론 그렇지. 하지만 경험과 문학은 연관이 있는 거야. 물론 단테가 《신곡》을 쓸 때 지옥에 다녀온 건 아니지만."

경험과 소설이 어떤 관계인지 현준이는 쉽게 이해할 수 없었다. 아니 그 설명을 하기 위해 예로 든 단테가 누구인지도 몰랐다.

설거지는 현준이의 몫이었다. 밥그릇과 국그릇 그리고 컵 두어 개만 씻으면 되는 거여서 시간은 오래 걸리지 않았다. 아빠는 텔레비전을 켜고 소파에 비스듬히 누워, 신문을 마저 보며 동시에 텔레비전을 번갈아 보는 멀티태스킹의 여유를 즐기고 있었다.

"아빠, 요즘 일 없으세요?"

"응, 통 일이 없다."

현준이 아빠는 인테리어 시공 일을 했다. 상계동의 대규모 아파트 단지에 번듯하게 인테리어 가게를 가지고 있을 때는 현준이네도 제법 형편이 좋았다. 그러나 건설 경기가 나빠지고 사람들이 지갑을 닫자 그 여파로 아빠의 사업도 휘청거렸다. 부동산 경기의 침체는 곧 현준이네 집의 가정 경제 위축으로 이어졌다. 사람들이 이사를 다니고 집을 팔고 사야 인테리어 사업도 활기를 띠는데 경기가 전반적으로 가라앉으니 아빠의 일도 점점 줄어들 수밖에 없었다.

방에 앉아 학원 숙제를 하며 현준이는 기억해 냈다. 아빠와 엄마가 그 무렵부터 부부싸움을 심하게 했다는 사실을. 전업주부였던 엄마는 나가서 돈을 벌겠다고 자꾸만 이야기했다. 증권회사 영업이나 야쿠르트 아줌마라도 하겠다고 하면 그때마다 아빠는 만류하기 바빴다.

"조금만 기다려. 아직 현준이도 크고 있는데 엄마 손이 많이 필요할 때 아냐?"

"이대로 주저앉을 수는 없잖아. 경기가 더 나빠질 텐데 뭔가 해야지, 나도."

"곧 풀리겠지 뭐."

그러나 경기는 좀처럼 풀릴 줄을 몰랐고, 생활고를 타개하기 위해 뭔가 해야겠다는 의지가 강했던 엄마는 결국 일자리를 구하고야 말았다. 엄마가 처음 한 일은 보험 설계사였다. 친화력이 있어서인지, 엄마는 무슨 일을 하든 제법 잘해냈다. 엄마가 벌어 오는 돈은 대부분 현준이의 학원비와 과외비로 나갔다. 그 정도만 해도 대단한 거라고 엄마는 스스로 대견해하고 뿌듯해했다.

하지만 엄마의 말대로 경기는 더욱 나빠졌다. 아빠는 결국 가게를 접고 온라인 인테리어 사업을 시작하게 되었다. 사무실 없이 명함만 뿌리고, 사람들이 인테리어 공사를 요구하면 아빠가 알고 있는 타일공이나 배관공, 벽돌공 같은 사람들을 불러서 공사를 하도록 하는 거였다. 가끔은 제법 조건이 좋은 일거리가 얻어 걸리기도 했다. 그럴 때면 아빠는 공사 현장에 가서 열흘이고 보름이고 머물다 오곤 했다. 그러나 그런 일은 아주 드물었다. 결국 엄마가 본격적으로 밖으로 나가게 되었고, 아빠는 그렇게 주부 아닌 주부 생활을 하게 되었다.

아주 가끔은 아빠가 친구를 만나러 나가기도 했지만 그마저도 이내 뜸해졌다. 나가서 사람을 만나 봐야 소득이 없기 때문에 그냥 집에 있는 게 남는 거라는 생각을 하는 것 같았다. 다행히도 그 무렵 엄마가 연 레스토랑은 제법 장사가 잘됐고 그래서인지 엄마와 아빠는 이제 더 이상 크게 싸우는 일은 없었다. 현준이는 비로소 깨달았다. 경제적인 위기가 가정을 얼마나 불안하게 하는지를. 세계적인 기업 삼성전자에 입사하겠다고 현준이가 마음을 먹은 것도 바로 그 때문이었다.

오늘은 새벽에 축구 경기가 있는 날이다. 경기를 보려면 미리 숙제를 다 해 놓고 잠을 조금 자 두어야 한다. 챔피언스리그 결승전을 놓고 벌이는 끝장승부라, 결코 그냥 넘어갈 수 없다. 승부도 승부였지만, 현준이는 벌써부터 레알 마드리드의 호날두와 바이에른 뮌헨 소속 로벤의 정면대결을 기대하고 있었다. 둘 다 엄청난 실력을 가지고 있는 데다, 포지션상 마주칠 수밖에 없기 때문에 서로를 뚫고 막아야 하는 형국이었다. 생각만 해도 기대되는 대결이었다. 설레는 기분으로 현준이는 숙제를 부리나케 해치웠다. 그렇게 8시를 막 넘길 무렵이었다. 갑자기 엄마한테서 전화가 왔다.

"현준아, 레스토랑으로 좀 올래?"

가끔 엄마가 레스토랑 문을 닫을 때 들고 올 물건이 있으면 현준이를 부르곤 했다. 그 시간은 대개 10시 안팎이었다. 이렇게 8시 조금 넘은 시각에 엄마가 부르는 일은 드물었다.

"왜요?"

"빨리 좀 와 봐."

"나 숙제해야 하는데……."

"아 글쎄 얼른 와 봐. 여기 김청강 선생님이 계셔."

이럴 때는 마지못해 가는 척하는 게 수다. 안 그래도 김청강 작가를 만나서 궁금한 것을 더 물어 보고 싶긴 했다. 점퍼를 걸치고 밖으로 나가자 아빠가 말을 걸었다.

"어디 가냐?"

"엄마가 오라서요."

"알았다."

엄마와 현준이가 엮인 일에 아빠는 가급적이면 관여하지 않았다. 현준이가 어느 정도 컸기 때문이기도 했지만, 그 부분에는 엄마와 아빠 사이에 불문율이 형성되어 있는 듯했다. 현준이에 대한 우선권이 엄마에게 있다는 식으로. 급할 것 없이 아파트 단지를 빠져나가자 마침 퇴근 손님을 태워다 주고 나가던 빈 택시가 왔다. 그걸 타고 수유리 엄마의 레스토랑까지 가기로 했다. 택시를 타자 눈 깜짝할 사이에 레스토랑에 도착했다. 자전거로는 20여 분을 달려야 하는 거리였다. 현준이는 레스토랑 문을 열었다. 김청강 작가가 보였다. 저번처럼 신여산 시인과 함께 커피를 마시며 대화를 나누고 있었다.

"선생님, 왔어요."

현준이가 들어오는 것을 보더니 엄마가 김청강 작가를 향해 말했다.

"으음, 그래. 현준이라고 했지?"

김청강 작가는 환하게 웃으며 앉으라는 듯이 손짓을 했다. 머쓱한 얼굴로 현준이는 김청강 작가의 옆자리에 앉았다. 앉자마자 김청강 작가가 물었다.

"그래, 삼성전자 간다 그러더니 어떻게 하려고?"

"공대 나와서 삼성전자 가려고요. 돈 많이 벌 수 있대요."

"하하, 그런데 모두 다 삼성전자 간다고 하면 어떡하지?"

"시험 봐야죠. 스펙도 쌓아야 하고요."

"그래? 거 좋지."

당연한 것을 묻고 있었다. 어차피 인생은 경쟁이었다. 한 명을 뽑더라도 누군가 뽑힌다면 그 한 명이 되는 것이 현준이에겐 삶의 길이었다. 삼성전자에 들어가면 돈을 많이 벌 것이고, 그 돈을 부모님께 드릴 생각이다. 그러면 자연히 가정에 평화가 오리라고 현준이는 믿고 있었다.

"고등학교는 어디 가려고 그러냐?"

"고등학교는…… 두리고등학교나 하산고등학교 가려고요."

둘 다 지방에 있는 자립형 사립고였다. 강력한 학사지도를 바탕으로 학생들을 명문대에 많이 보내는 걸로 유명했다.

"오오. 하산고는 뭐 수학 참고서 낸 사람이 세운 학교 아니냐? 두리고는 두리은행에서 만든 학교고."

그러자 엄마가 끼어들었다.

"아유, 그 정도 성적이 될지 모르겠어요. 제가 애를 잘 돌봐 주질 못해 가지고……. 아주 톱은 아니거든요."

"그래도 공부 잘하니까 도전해 볼 만하죠. 담임선생님이 상담해 주지 않을까요?"

"글쎄, 담임선생님은 해 보라고 그러시는데 내신 가지고 가는 거라서…… 근데 내신이 조금 부족할 것 같기도 하고, 걱정이네요."

"음, 노력을 더 해야죠. 그런데 그렇게 고등학교 가도 또 새로 시작이죠. 대학을 가야 하니까. 물론 대학을 가도 또 문제는 새롭게 시작되는 거고요. 제가 대학생들 20년 넘게 가르쳤잖아요. 대학생은 어른이라고, 모든 문제를 알아서 할 거라고 생각하는 사람들이 많은데 큰 오해지요."

무슨 소리인가 싶었다. 대학에 가면 자유로운 어른이 될 테니 얼마나 좋을까, 생각하고 있던 현준이는 이해가 되지 않았다.

"부모들도 그때쯤 되면 자식들이 다 컸다고 착각을 하지. 그래서 그냥 내버려 두는 거야. 그렇게 갑자기 모든 족쇄를 풀어 버리니 아이들이 갈 곳을 몰라 하지. 신입생 환영회 때 아이들이 왜 술 마시다가 죽는지 알아? 술 한 번 마셔 보지 않은 아이들이 자기 주량도 모르고 마시니까 그러는 거야. 그러다 교통사고가 나기도 하고, 물에 빠져 죽기도 해. 심심찮게 사고가 나. 그게 뭐냐, 중고등학교 때 술을 마셔 보라는 게 아니라 그만큼 아이들이 스스로 결정하거나 자기 자신을 테스트해 본 적이 없다는 거야. 게다가 그동안 엄마 아빠가 공부하라고 해서 그냥 시키는 대로 했는데, 대학에 오고 나니까 이제 누가 공부하라고 시키는 사람이 없는 거야. 어떻게 되겠어. 그냥 노는 거지. 밤새 게임하는 대학생들도 많고 당구나 술 이런 거 배워 가지고 거기에 탐닉하는 애들도 많아. 그렇게 1, 2년 정도는 방황기를 거치지. 뭐 다 그런 건 아니고. 집안에 형이나 누나가 있는 애들은 그런 이야기를 미리 들어서인지 1학년 때부터 열심히 공부한다더라고."

김청강 작가가 신여산 시인을 보고 이야기했다. 그때 엄마가 현준이의 옆구리를 찌르며 말했다.

"김청강 님은 대학에서도 학생들을 오래 가르치셨어. 잘 들어."

하지만 현준이는 먼 나라 이야기인 것만 같았다. 대학생 이야기는 중 3에게 피부에 와 닿지 않았다.

"그래, 현준이 스포츠 좋아한다고 그랬지? 오늘 밤에 하는 축구 경기도 볼 건가?"

"어? 어떻게 아세요?"

현준이는 깜짝 놀랐다. 경기 일정을 세세히 꿰고 있는 사람은 주위에 별로 없기 때문이다. 갑자기 대화에 깊이 몰입되었다.

"하하. 글을 쓰려면 그런 것도 알아야지."

"혹시 경기 다 보세요?"

"보지는 않아도 호날두라든가 메시 같은 친구들에게 관심은 있어. 개인적으로 지켜보고 있는 팀도 몇 곳 있고."

"저, 정말요?"

"그럼. 작가는 글을 쓰려면 이것저것 다 알아야 하거든. 사실 얼마 전부터 스포츠 소설을 하나 쓸까 해서 관심 있게 보고 있다."

축구를 잘 안다는 사람을 만나자 현준이는 신이 났다. 자신도 모르게 유럽 축구 리그에 대한 설명이 쏟아져 나왔다. 요즘 레알 마드리드의 라이벌 팀인 바르셀로나가 번번이 약팀들에게 발목을 잡힌다는 이야기, 그런데 그동안 잘 못하던 아틀레티코 마드리드라는 팀이 올 시즌 갑자기 레알 마드리드를 위협한다는 이야기, 그래서 레알 마드리드가 우승을 못 할까 봐 걱정된다는 이야기, 바르셀로나에서 활약하는 한국 선수들이 피파 때문에 경기에 못 나와서 억울하다는 이야기, 몇 시간 뒤에 있을 경기에 대한 예상 등 별의별 이야기를 다 했다. 현준이의 수다가 길어지자 엄마는 어쩔 줄 몰라 했지만 김청강 작가는 빙그레 웃으며 들었다.

"야, 축구에 대해서 모르는 게 없구나. 해박하네. 좋아, 그러면 현준아. 하나만 물어보자."

현준이는 궁금해져 귀를 기울였다.

"자, 레알 마드리드에 볼보이가 하나 있어. 근데 이 볼보이가 축구 선수들의 트로피랑 각종 기념품이 있는 기념관에 들어갔어. 청소할 때 들어갔는데 사실 볼보이는 청소를 할 필요가 없거든."

"네."

"그런데 축구를 너무 좋아하니까, 자기도 청소 도와주겠다고 들어갔다가 얼쩡대다 넘어져서 그만 우승 트로피를 싸고 있는 유리 케이스 10개를 와장창 깨 버렸어."

"윽!"

현준이가 상상해 보니 그건 정말 엄청난 일이었다. 자기도 모르게 미간이 찌푸려졌다.

"자, 그리고 또 다른 볼보이가 하나 있어. 이 볼보이는 트로피 안쪽에다가 몰래 사탕을 숨겨 놨거든. 자기만 먹으려고. 하루는 여느 때와 마찬가지로 트로피에 숨겨 놓은 사탕을 몰래 먹다가, 구단주가 들어오는 바람에 황급히 입에 넣으면서 유리창 케이스 하나를 깼어. 자, 누가 더 잘못을 크게 했을까?"

"……."

"청소 도와주다가 유리창 10장 깬 녀석하고, 사탕 숨겨 놓은 거 꺼내 먹다가 1장 깬 녀석하고, 누가 더 잘못했지?"

현준이는 이런 유치한 질문을 자신에게 한다는 게 어이가 없었다. 그 귀한 트로피 유리 케이스를 10장이나 깨다니. 이건 있을 수 없는 일이다. 당장 두들겨 패서 내쫓아야 할 일이다.

"10장 깬 녀석요."

현준이가 당연하다는 듯이 말했다.

"왜?"

"10장이나 깼잖아요. 그만큼 구단에 더 큰 피해를 준 거니까 돈도 더 많이 물어내야 해요."

"하하, 그렇구나."

김청강 작가는 흥미롭다는 듯 웃었다. 엄마도 정답이 궁금한 듯 김청강 작가를 바라보았다. 반면 신여산 시인은 의미심장한 미소를 지으며 가만히 커피만 홀짝거렸다.

"그래, 10장 깼으니까 벌도 더 많이 받아야 한다 이거지? 선생님은 생각이 달라. 1장 깬 놈이 더 큰 벌을 받아야 한다고 생각해."

"네? 왜요? 1장 값만 물어내면 되잖아요."

현준이는 알 수가 없었다. 저번에도 참 특이한 사람이구나 생각했는데 이번에도 그런 생각이 들었다.

"자, 무슨 일이 생기거나 사고가 나면, 그 손해의 결과만 가지고 따져서는 안 되는 경우가 있어. 이런 경우가 바로 그렇지."

"왜요?"

"자, 처음에 10장 깬 아이의 의도는 뭐였지?"

"청소 도와주는 거요."

"그래, 남들이 하는 일을 보면서 도와주겠다는 좋은 의도를 가지고 시작했는데 그만 실수로 유리를 10장이나 깬 거야. 그런데 1장 깬 녀석은 의도가 뭐였지?"

"몰래 사탕 숨겨 놓고 먹다가 깼죠."

"깬 의도가 좀 안 좋지? 자기 이익을 취하다가 깬 거 아냐. 그래서 구단주는 유리창 1장 깬 놈은 쫓아내도 되지만, 청소하다 10장 깬 놈에게는 뭐라고 야단치면 안 되는 거야."

듣고 보니 그 말이 맞는 것 같았다. 현준이는 당황스러웠다. 지금껏 그런 질문을 한 번도 받아 본 적이 없었던 데다 단순히 숫자로 비교해서 해결되는 문제가 아니었기 때문이다. 그때 엄마가 손뼉을 치며 말했다.

"어머, 어머, 맞아요. 듣고 보니 그러네! 선생님, 그런 것 좀 우리 애한테 가르쳐 주실 수 없으세요?"

"네? 이런 걸 가르쳐요?"

"우리 애가 그런 게 부족해요. 맨날 성적 얘기나 하고, 어느 팀이 몇 대 몇으로 이겼다는 소리나 하고, 애가 단순 무식해 가지고⋯⋯. 나중에 어른 돼서 인문학적 소양이 없다고 따돌림이나 안 당할지 모르겠어요. 인간미가 없어요, 애가⋯⋯."

현준이는 엄마가 무슨 소리를 하는지 알 수가 없었다. 하지만 김청강 작가의 질문이 난해한 것은 사실이었다. 그리고 그런 식으로 문제를 풀 수 있다는 사실이 조금은 충격적이었다. 이 세상의 문제는 어떻게 보느냐에 따라 해법이 달라진다는 걸 알게 되었다. 엄마와 김청강 작가의 이야기는 계속 되었다.

"기업도 요즘은 인문학적 소양을 중요시하고 있죠. 인문학적 소양을 기업에 가장 잘 적용한 사람이 스티브 잡스 아닙니까. 당시만 해도 컴퓨터를 특정 기업이 독점하고 있었는데, 문득 그가 이런 생각을 한 거죠. 왜 개인이 컴퓨터를 가지면 안 되나? 그건 마치 예전 왕조 시대에 왜 일반 백성이 자유롭게 살면 안 되고 나라의 뜻을 결정하는 데에 참여하면 안 되는가? 라고 생각한 것과 똑같은 거죠. 역사를 보면서 공부를 하지 않으면 그런 발상은 할 수 없어요. 그렇게 해서 스티브 잡스가 생각해 낸 게 개인용 컴퓨터 애플 아닙니까."

"맞아요, 맞아요. 기술자도 인문학적 소양이 필요해요."

"기술자뿐입니까? 노숙자도 인문학을 공부하고 나서 비로소 재활이 되더라는걸요."

"어머, 그게 무슨 말씀이세요?"

"미국에서 그런 일이 있었어요."


할렘가 출신의 한 죄수는 이제 갓 스무 살을 넘긴 듯했지만, 그녀는 이미 살인죄로 8년째 복역하고 있었다. 빈곤에 대한 책을 쓰기 원했던 얼 쇼리스가 그녀를 인터뷰했다.

"당신처럼 젊은 여자가 왜 그렇게 끔찍한 죄를 저지르고 삶을 망가뜨렸습니까?"

얼의 질문을 받은 그녀는 뜻밖의 대답을 했다.

"내 삶은 정신적인 삶이 아니었어요."

"무엇이 정신적인 삶이라고 생각하시나요?"

"강연을 듣고, 극장에 가고, 연주회에 참석하고, 박물관을 구경하는 거요. 나는 그런 걸 한 번도 경험해 본 적이 없어요."

지독한 가난이나 폭력에 노출된 환경, 술과 마약 같은 단어가 그녀의 입에서 나올 줄 알았던 얼은 깜짝 놀랐다. 그날 일로 충격을 받은 얼은 노숙자들이나 범죄자들에게 진정 필요한 것은 인문학 교육이라는 사실을 알게 되었다. 그래서 대학 교수와 각 분야의 전문가들을 총동원해 인문학 강좌를 마련했다.

"그래서 어떻게 되었어요?"

엄마는 음식을 준비하다가 손을 놓고 김청강 작가에게 물었다.

"어떻게 되긴요. 1년간 대화 나누고 토론하고 철학, 문학, 역사를 가르쳤더니 17명이 과정을 수료하고 4명은 대학에서 학점까지 땄어요. 2명이 나중에 치과의사가 되고 1명은 간호사가 되었답니다."

"아이고, 선생님. 저희 애 좀 제자로 받아 주세요. 그런 거 우리 애한테 가르쳐 주시면 안 되나요? 그런 게 우리 아들한테 딱 필요한 거예요."

엄마는 오늘따라 유난히 호들갑이었다. 현준이는 인문학적 소양이라는 게 뭘 뜻하는 말인지 이해할 수가 없었다. 자연히 대화에서 현준이는 겉돌 수밖에 없었다. 자신의 운명을 어른들이 결정하는 것, 그게 중딩의 비애였다.

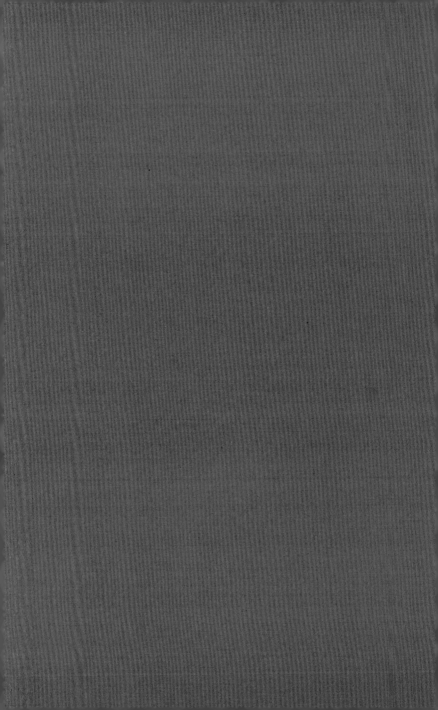

제 3 장
인문학 공부

人文學

극일빌딩 앞은 사람들로 붐볐다. 토요일 오후만 되면 이곳은 이렇게 사람들이 많이 오간다. 수유사거리에서 화계사 쪽으로 2, 300미터 들어가는 이면도로는 공영주차장이었고, 또한 식당가였다. 극일빌딩은 그 가운데 대로변에 있는 7층짜리 건물이었다. 고만고만한 빌딩들 사이에서는 가장 높은 건물이었다. 그 건물 2층에 김청강 작가의 작업실이 있었다. 현준이는 12시까지 가기로 약속되어 있었다.

자전거를 건물 입구 가로수에 묶고 시계를 보니 12시 2분 전이었다. 조금이라도 늦으면 김청강 작가의 불호령이 떨어지는 것을 아는 현준이는 가쁜 숨을 내쉬며 계단을 두 칸씩 뛰어올랐다. 한편으론 가슴이 설렜다. 이 계단을 오르다 보면 분명히 그 여학생을 만나기 때문이다.

아나나 다를까, 여학생 하나가 내려오고 있었다. 짙은 눈썹에 큰 눈망울, 피부가 하얀 단아한 여학생이었다. 단발머리를 나풀대며 내려오던 여학생은 눈을 들어 힐끗 현준이를 바라보았다. 두 사람이 간신히 스쳐 지나갈 만한 너비의 계단을 내려오면서, 여학생은 귀에 꽂은 이어폰 음악에만 관심 있다는 듯 아무 말도 하지 않고 새침한 표정이었다. 현준이는 여학생이 건물 현관을 나가고 나서야 비로소 한달음에 2층으로 올라가 문을 두드렸다.

"들어와라."

문을 열고 들어서자 넓은 작업실에서 김청강 작가가 혼자 휠체어를 탄 채 책상 앞에 앉아 컴퓨터 화면을 들여다보고 있었다.

"안녕하세요, 선생님."

"응, 어서 와. 뭐 먹을래?"

"저요? 짜장면요."

"넌 매번 짜장면이냐?"

"전 짜장면이 좋아요."

"알았다. 거기 전화번호 있으니까 시켜라."

현준이는 늘 시켜 먹는 백두반점에 전화를 걸어 짜장면과 울면을 시켰다. 김청강 작가는 울면을 즐겨 먹었다. 중국 음식 가운데 가장 자극이 적다는 게 이유였다. 나이 먹으면 자극이 적은 음식을 먹게 된다고도 했다.

"자, 짜장면 먹고 한자시험부터 볼 테니까 공부하고 있어."

현준이는 한자 노트를 펼쳤다. 김청강 작가는 점심을 먹고 나면 꼭 한자시험을 쳤다. 이렇게 김청강 작가의 작업실로 토요일 정오마다 현준이가 오게 된 것은 3주 전부터였다. 엄마는 기어코 현준이를 김청강 작가의 문하생으로 집어넣고야 말았던 것이다.

"아무나 안 받아 준다는데 내가 특별히 선생님께 부탁했어."

"아, 엄마. 나 토요일에 학원도 가야 하고 인강도 들어야 한단 말이에요."

말은 그랬지만, 사실 현준이는 토요일마다 친구들과 함께 축구를 하는 것이 유일한 낙이었다. 그 낙을 누리지 못하도록 엄마가 막는 것만 같아 현준이는 짜증이 올라왔다.

"야, 야, 누가 네 속 모를 줄 알아? 애들하고 축구나 실컷 하고 공부는 안 하려고 그러잖아. 그러다가 밤 되면 축구, 야구, 이런 거나 보고. 그렇게 해서 어떻게 네가 원하는 학교에 가겠어? 다른 애들은 그 시간에 눈에 불을 켜고 공부한단 말이야."

"아, 엄마. 딴 애들은 공부할 줄 몰라서 그래요. 나는 한 번만 보면 다 안단 말이야. 그리고 학원 선생님이 찍어 주는 것만 봐도 충분히 성적이 나와요. 지난번에도 수학 100점 맞았잖아."

"중학교 수학 100점 맞는 게 뭐가 자랑이야. 고등학교 가면 훨씬 더 어려워지는데. 그리고 수학 100점 맨날 맞으면 뭐해? 인문학적 소양이 없는데. 남 밑에 들어가서 심부름이나 하다가 끝나겠지. 월급쟁이밖에 더 되니?"

현준이는 발끈했다. 점수만 잘 따면 모든 게 해결된다고 말하던 엄마가 아니던가. 좋은 점수로 좋은 대학 가서 좋은 직장 취직해서 월급 또박또박 받는 게 현준이 삶의 목표였다.

"엄마, 월급쟁이 좋다며? 아빠가 돈 못 받아 와 가지고 맨날 월급만 좀 타 오면 좋겠다고 그랬잖아."

"시끄러워!"

엄마는 말문이 막히면 늘 시끄럽다고 내리눌렀다.

"암튼 토요일 12시까지 선생님 작업실 주소로 찾아가. 매주 토요일마다 인문학 가르쳐 주시기로 했으니까."

"아, 참. 인문학이 뭔데? 학교 과목도 아니잖아요?"

"학교 과목보다 더 중요한 거니까 그렇게 알고 찾아가. 선생님이 알아서 널 데려다가 소양 있는 아이로 키워 주신댔어."

엄마는 한 번도 인문학이 뭔지, 왜 인문학을 공부해야 하는지에 대해 말한 적이 없었다. 현준이가 보기엔 엄마도 잘 모르는 게 분명했다. 그렇게 해서 울며 겨자 먹기로 현준이는 김청강 작가의 작업실을 다니기 시작했다.

짜장면은 기다리고 있었다는 듯이 10분도 안 돼 들이닥쳤다. 나무젓가락을 놀려 짜장면 면발을 입에 밀어 넣는 현준이에게 김청강 작가가 물었다.

"숙제 다 해 왔니?"

"네."

"《양반전》도 다 읽어 오고? 문제점도 생각해 봤어?"

"네. 그런데 좀 이상해요. 왜 옛날엔 양반을 사고팔았을까요?"

현준이는 숙제로 읽은 《양반전》을 떠올렸다. 한 양반이 가난해서 양반 신분을 팔게 되었다는 이야기였다.

"자세한 얘긴 이따 나누도록 하자. 조선 시대 후반에는 그만큼 신분이 문란해진 거지. 외국에서도 귀족을 사고팔 수 있었어. 가짜 귀족도 있었고. 신분이 높아지고 싶은 마음은 동서고금을 막론하고 변함이 없단다."

뭘 물어보든 김청강 작가는 막힘이 없었다. 이윽고 빈 짜장면 그릇을 현관 앞에 내놓고 자리를 잡자 김청강 작가가 물었다.

"자, 한자시험 볼 준비 다 됐니?"

노트를 펴고 시험 준비를 하자 김청강 작가는 한자 노트를 보며 하나씩 불러 주기 시작했다.

"나라 국. 집 가."

'국가(國家)'를 쓰라는 거였다. 현준이는 김청강 작가가 불러 주는 한자를 하나하나 받아쓰며 때로는 모르는 것을, 때로는 아는 것을 생각해 내느라 머리를 쥐어짰다. 김청강 작가가 인문학 수업 시간에 가장 중요하게 여기는 것이 한자였다.

"우리말의 8, 90퍼센트가 한자다. 한자를 모르면서 인문학적 교양을 쌓는다거나 언어생활을 한다는 것은 거의 불가능하지. 한자를 알면 중국이나 일본에 가서도 생활하는 데 크게 불편함이 없고 어휘력이 늘어날 뿐만 아니라 새로운 말을 만들어 내거나 이해하는 능력도 커진다. 그러니 한자는 모든 인문학 공부의 기본인 거지."

태어나 처음으로 어려운 한자 공부를 하며 현준이는 투덜댔다. 하지만 시험이란 게 또한 투지를 불사르게 만드는 것이어서 시험 기계인 현준이는 어떻게든 좋은 점수를 받으려 애를 썼다.

"자, 다음으로 '안경(眼鏡)' 써 봐라."

"안경요?"

"왜?"

"그건 지지난주에 본 거잖아요."

"하하, 네가 아직 내 스타일을 제대로 모르는구나. 모든 공부는 그래. 1과를 시험 보면 그다음에는 2과만 보는 게 아니라, 1과, 2과를 다 보는 거야. 그다음엔 1과, 2과, 3과, 그다음에는 1과, 2과, 3과, 4과를 전부 알고 있어야 하는 거야."

머리에 쥐가 날 것 같았다. 지난주까지는 시험 범위 안에서만 출제를 했기 때문에 이렇게 허를 찔릴 줄은 몰랐던 것이다.

"그렇게 해야 한 권을 다 떼는 거란다. 한번 배우고 바로 잊어버리는 건 공부가 아니지."

김청강 작가는 뭐든 퇴로를 막아 놓고 항상 이렇게 지도를 하곤 했다. 그날 한자시험 성적은 7점. 10문제에서 7개를 맞혔다.

"3개 틀렸네."

"선생님, 한 번만 더 보면 안 돼요?"

"왜, 또 보면 더 잘 볼 수 있어?"

"네. 선생님, 20분만 더 주세요. 다시 한번 해 볼게요."

현준이는 오기가 치솟았다. 아니, 사실은 김청강 작가가 엄마한테 한자 점수를 문자메시지로 통보하기에, 점수를 본 엄마의 잔소리를 듣고 싶지 않았던 것이다.

"좋아, 도전 정신을 높이 사 주지. 한번 더 공부해 보도록 하자."

그리하여 현준이는 다시 시험 준비를 했다. 무슨 문제가 나올지 예측을 하면서 헷갈렸던 것들을 익히고 썼다. 그렇게 해서 두 번째 시험에서는 무난히 9점을 맞았다.

"좋아, 2점 더 향상되었어."

"야호!"

엄마의 잔소리를 듣지 않아도 될 것 같아 마음이 놓였다. 한자시험이 끝나자 숙제 검사가 이어졌다.

"그래, 지난주에 읽으라고 했던 책이 연암 박지원의 《양반전》이지? 우리가 반드시 읽어야 할 고전 작품이야. 내용을 한번 설명해 봐."

현준이는 책을 펼쳐 놓고 몇 군데를 짚어 가며 띄엄띄엄 줄거리를 얘기했다.

"옛날에 가난한 양반이 나라의 곡식을 빌려 먹었다가요, 갚지 못하게 됐는데 가난해서 팔 게 없었어요. 그러자 양반 마누라가 당신은 맨날 글만 읽더니 그 글의 값어치가 땡전 한 푼만도 못하다고 핀잔을 줘요. 할 수 없이 양반 신분을 내다 팔게 되었어요. 그래 가지고 부자에게 팔았는데 부자가 대신 곡식을 갚아 줬어요. 그래 가지고는 양반이 됐는데 군수가 와서 보니까 양반이 갑자기 소인이 되고 상놈이 되니까 이상하다고 생각했어요. 그래서 물어보니까 양반을 팔았다고 해 가지고 군수가 불러다가 양반 계약서를 꾸몄는데요, 양반 계약서가 너무 무서워서 부자가 도망쳐 버렸어요."

"그래. 잘 읽었구나. 뭘 느꼈어?"

"양반을 팔 수 있다는 게 너무 웃기고요. 그런데 이상한 게 있어요. 부자는 양반 안 하면 돈을 돌려받아야 하지 않아요? 돈도 안 받고 왜 그냥 도망가 버렸어요? 그리고 죽을 때까지 양반이란 말도 꺼내지 않았다잖아요. 돈은 날릴 대로 날리고."

"그래. 좋아. 자, 여기서 한번 생각해 보자. 이 《양반전》에서 승자는 누굴까?"

"승자요? 양반이죠, 양반."

"그래? 왜?"

"네! 선생님 보세요. 양반은 곡식 꾸어 먹은 걸 못 갚아 가지고 부자한테 양반 팔았잖아요. 그래서 부자가 다 갚아 줬잖아요. 양반이 거지가 됐는데…… 아니, 거지가 아니지. 천민이 됐는데 부자가 계약서 쓰는데 갑자기 와 가지고 자기는 양반 안 하겠다고 그러고서는 돈도 달라고 안 하고 도망가 버렸잖아요. 자기가 스스로. 그러니까 양반이 최고죠. 다시 양반도 됐고, 빚도 다 갚았고. 와, 대박이에요!"

"으음. 그럴 수도 있겠네? 양반이 양반을 팔았는데 부자가 안 살 거라고 그랬으니까 돈을 벌었다, 그럴 수 있지. 물건 사 가지고 안 쓰면 그렇게 되지. 가만있어 봐. 그럼 부자는 손해만 봤나?"

"당근이죠! 자기가 돈 벌어 가지고 양반 되고 싶어서 양반 샀는데, 양반 해 보지도 못했잖아요. 스스로 포기하고 가 버렸잖아요."

"그렇게 따지면 물질적으로는 부자가 분명히 손해를 봤지."

"네!"

"양반이 이익을 봤나? 물질적으로?"

"이익 봤죠."

대답은 그렇게 했지만 현준이는 뭔가 점점 말려들어 간다는 느낌을 받았다. 김청강 작가는 빙글빙글 웃었다.

"그럼 다시 물어보자. 양반은 물질적 이득을 봤어. 근데 이 세상에 공짜는 없잖아? 잃은 것도 없이 이득만 봤을까? 양반이 잃어버린 건 뭘까?"

"네?"

"양반이 뭔가 잃어버린 게 있을 거 아니야?"

하지만 아무리 생각해도 양반이 잃은 건 없는 것 같았다.

"아니, 꼭 뭔가를 잃어야 하나요? 완전 대박 쳤잖아요!"

"하하, 현준아. 양반이라는 건 말이야, 귀족이야. 너 귀족 알지? 영화에서 보면 천민들은 굽실굽실하고 꼼짝 못 하잖아. 반대로 양반은 거들먹거리고."

"네."

"그런 걸 보면 양반들은 자존심이 생명이라는 걸 알 수 있지?"

"맞아요! 체면과 자존심 빼면 시체죠."

"그런데 봐라. 양반은 지금 부자한테 양반 자리 팔아먹었고, 그다음에 군수 앞에 가서는 천민이 되어 가지고 넙죽 엎드려 절을 했지. 나중에는 부자가 떠나면서 양반한테 뭐라고 했어? 나를 도둑으로 만들 셈이오? 그랬잖아. 그러면 양반이 도둑이라는 거 아니야. 네가 만일 이 양반이라면, 이런 일을 겪은 뒤에 다른 상놈들 만나 가지고 내가 양반이다! 라고 한다고 체면이 설까?"

"네에?"

현준이는 거기까진 생각하지 못했다. 그러나 가만히 생각해 보니, 회사 사장이었던 사람이 수위로 내려갔다가 다시 사장이 되었다면 사람들이 예전하고 똑같이 사장을 대하진 않을 것 같았다. 아니, 설령 그렇지 않더라도 사장 본인이 먼저 사람들이 자신을 대하는 게 예전 같지 않다고 여길 것 같았다.

"글쎄, 좀, 쪽팔릴 것 같아요."

"그렇지? 그럼 양반도 진짜 승자는 아니잖아? 이미 체면에 손상을 많이 입었으니. 또 다른 인물을 주목해 보자. 누가 나오지?"

"군수요."

"그래. 군수는 어떻다고 생각해?"

"군수는 원칙대로 철저히 한 사람 아니에요? 계약서 쓰라고 하고."

군수는 《양반전》에서 부자에게 계약서를 철저히 쓰게 한 사람이었다. 현준이는 그 부분을 책에서 찾아보았다.

군수가 탄성을 지르며 말했다.

"군자로구나. 그 부자라는 사람이야말로 진실로 양반이로다. 하지만 양반이란 자리를 두 사람이 함부로 사고팔면 나중에 문제가 생긴다. 내가 고을 사람들을 다 모아 놓고 계약서를 쓰고 서명하겠소이다."

군수는 관아로 돌아간 후 고을 안에 사는 선비들은 물론 농사꾼, 공인, 상인까지 모두 모이라고 했다.

사람들이 관아의 뜰에 모이자 군수는 문서를 만들었다.

"그런데 계약서의 내용이 아주 웃기지?"

"맞아요. 양반이 되면 얻을 수 있는 이익을 다 썼어요."

'양반'이라는 계급은 가지가지로 부른다. 글을 읽는 자는 '선비', 정치에 관여하는 자는 '대부(大夫)', 덕이 있는 자는 '군자'라고 부른다. 양반이 되면 비루한 일은 절대로 하지 말아야 하고, 옛사람을 본받아 고상하게 뜻을 지녀야 한다. 새벽 5시에 일어나 책을 읽어야 하며 배고파도 참아야 하고, 기침도 작게 해야 하고, 세수를 할 때 손을 빡빡 문지르지 말아야 하고, 양치질을 할 때도 지나치게 세게 해서는 안 된다.

《고문진보(古文眞寶)》나《당시품휘(唐詩品彙)》를 매일 베껴야 하는데 깨알같이 작은 글씨로 베끼되 한 줄에 100자씩 써야 한다. 손으로는 돈을 만지지 않고, 쌀값을 묻지도 말아야 한다. 덥더라도 버선을 벗지 않고 식사를 할 때에도 맨상투 바람으로 하지 않는다. 밥을 먹을 때도 국부터 마셔서는 안 되고 씹을 때는 소리가 나지 않아야 한다. 술을 마실 때 수염을 빨아서는 안 되고 담배를 피울 때도 많이 빨아서는 안 된다. 화가 난다고 아내를 때리면 안 되고, 화나도 그릇을 깨면 안 된다. 아이들을 때려서도 욕해서도 안 된다. 화롯불에 손을 쬐지 않고 말할 때도 침이 튀지 않게 해야 한다. 수없이 많은 행동 가운데 한 가지라도 부자가 어긴다면 양반은 이 문서를 가지고 관청에 가서 다시 양반이 될 수 있다.

"첫 계약서에서는 양반이 된다는 게 얼마나 어려운지를

보여 줬지."

"정말 양반 되기 힘들 것 같아요."

"아무나 양반이 되는 건 아니지. 법도와 예절을 다 지켜야 하니까."

"부자가 힘들었겠어요. 권리는 없고 의무만 있는 거니까요."

"그래서 어떻게 했지?"

"다시 계약서 써 달라고 했어요."

"맞아."

부자는 얼굴이 심각해지며 한참 생각하다가 말하였다.
"내가 듣기로 양반은 신선과 같다던데 겨우 이것뿐이라면 억울하게 곡식만 날린 것 같습니다. 좀 유리하게 고쳐 주시면 좋겠습니다."
그래서 문서를 다시 고쳤다.

양반은 밭을 갈지도 장사를 하지도 않는다. 하지만 글만 조금 하면 잘했을 경우 문과(文科)에 오르고, 그렇지 않더라도 진사(進士)는 할 수 있다. 문과에 급제하여 받는 홍패(紅牌)는 돈주머니와 같다. 배는 하인들의 '예' 하는 소리에 점점 나오고, 방에는 귀고리 요란한 기생들이 가득하고, 정원 나무에는 목청 좋게 우는 학을 키운다. 가난한 선비가 되어 시골에 살아도 맘대로 할 수 있다. 옆집 소를 끌어다가 자기 밭을 먼저 갈게 할 수 있다. 마을 사람들 불러다가 자기 밭의 김을 먼저 매게 할 수도 있다. 이렇게 맘대로 해도 그 누구도 탓할 수 없다. 그들의 코에 잿물을 들이부은들, 상투를 잡아맨들, 수염을 뽑은들 누가 감히 원망하랴.

"부자가 이걸 보고 놀라 자빠져요. 그래서 자신더러 도둑놈이 되라는 거냐면서 도망가요."

"그럼 군수는 승자가, 패자가?"

김청강 작가가 다시 물었다.

"군수는 승자죠! 양반 편이잖아요! 양반 편들어 가지고 부자가 도망갔잖아요."

"그렇지. 그런데, 과연 그럴까? 자기도 양반인데, 같은 양반이 양반 자리를 팔아먹고 있어. 그걸 보고 군수가 과연 기분이 좋았을까?"

"약간 잔머리를 굴린 것 같아요."

"그래, 잔머리. 그런데, 군수가 이렇게 잔머리 굴려서 부자한테서 양반 자리를 뺏었지만, 도둑놈이란 소리를 듣고도 아무 말도 안 했잖아. 그렇지? 그리고 여기 군수가 쓴 걸 보면, 양반이 되면 얼마나 못된 짓을 많이 할 수 있는지 낱낱이 다 드러나지 않았니?"

"맞아요! 정말 양반 못됐어요!"

그 순간 현준이는 깨달았다. 양반의 못된 부분을 다 드러내면서 양반 신분을 빼앗아 온 군수가 과연 승자인가 싶었던 것이다. 자기의 비리를 드러내고 양반 하나를 구해 준 것이나 마찬가지였기 때문이다.

"군수도 좀 이상해요, 그러고 보니. 자기도 양반이면서 양반이 이렇게 도둑질한다고 말한 거나 마찬가지네요?"

"그래, 군수도 진정한 의미에서 승자는 아니지. 자기의 치부를 드러냈으니까."

"그럼 누가 승자죠?"

"네가 아까 부자가 패자라고 했지? 부자 입장에서 다시 생각해 봐."

"그, 글쎄요."

"앨빈 토플러가 말했어. 과거에는 쌀이나 곡식을 내다 파는 게 부자가 되는 길이었다고. 현대 사회는 어떠니? 쌀 없어도 부자 될 수 있지? 인터넷을 잘 다룬다거나, 좋은 정보나 아이디어가 있으면."

"맞아요! 제 친구도 앱 개발한다고 그랬어요! 앱 있으면 부자 된대요! 저도 삼성전자 가려는 게 다 부자 되고 싶어서

예요."

"삼성전자가 쌀 파는 곳은 아니잖니?"

"맞아요! 핸드폰 같은 거 팔아요. 그런 거 팔아서 부자가 되는 게 요즘 사람들의 소원이잖아요. 그런데 부자는 좀 다르지 않아요? 쌀 천 석을 갖다 주고서 아무것도 얻은 게 없는데……."

"과연 아무것도 얻은 게 없을까?"

현준이는 뒤통수를 한 대 맞은 것 같았다. 마지막 대목을 다시 읽어 보았다.

부자는 혀를 내두르며 말했다.

"그만두시오, 그만둬. 정말 맹랑하구려. 장차 나를 도둑 놈으로 만들 셈이오?"

부자는 머리를 이리저리 흔들면서 도망가 버렸다. 그는 죽을 때까지 다시는 '양반'이란 말을 입에 올리지 않았다고 한다.

얼핏 보면 부자가 손해만 본 것 같지만, 이를 받아들이고 부자는 과감하게 고개를 흔들며 도망갔다……. 왜 그랬을까를 현준이는 생각했다. 혹시 자기가 전혀 몰랐던 것을 알게 되었기 때문에 곡식 천 석도 아깝지 않다는 생각이 든 게 아니었을까.

"깨달음을 얻어서 아닐까요?"

"빙고!"

김청강 작가는 기분 좋게 웃었다.

"양반이나 군수는 깨달음이 없었지? 근데 부자는 어땠어? 사건이 해결되고 이야기가 끝나니까."

"깨달음을 얻었어요. 맞아요. 양반 되는 게 자기가 생각하는 것처럼 좋은 게 아니고, 도둑질이나 하는 못된 짓인 걸 알았죠."

"맞아. 과거에는 이런 못된 짓을 하더라도 양반 노릇 하는 게 최고였지만, 그런 게 쓸데없는 짓이면서 값어치가 없다는 걸 깨닫게 된 거야. 이때가 조선 후기잖니. 이 뒤에 갑오개혁이 일어나면서 결국 양반이 없어져. 이 《양반전》은 그렇게 흔들리는 조선 후기 신분제의 모순을 보여 준 작품이란다. 이 작품에서 자, 최고의 승자는 누구일까요? 1. 군수, 2. 양반. 3. 양반 마누라, 4. 부자, 이렇게 질문을 하면, 정답이 있니, 없니?"

"어떻게 생각하느냐에 따라 다른데요?"

"그렇지? 선생님도 처음에는 진정한 승자는 부자라고 생각했어."

"부자가 맞는 것 같아요. 쌀 천 석을 내놨지만, 딴 사람들은 깨닫지 못한 새로운 사실을 알았잖아요."

"그런데 또 가만히 생각해 보면 말이야. 부자도 물건을 잃었잖아. 그렇다면 진짜 승자는 누구일까?"

"모르겠어요."

"이 글을 쓴 연암 박지원이라고 나는 생각해."

"박지원요?"

"응. 문학 작품에다가 슬그머니 당대의 문제와 비리를 풍자적으로 그렸잖냐."

"……."

"그러면서 양반 욕도 실컷 하고, 시대가 변해서 나중에 부자들이 양반보다 더 훌륭해지는 시대가 올 거라 예언하기도 했지. 군수들이 아무리 잔머리를 굴려 봐야 결국 시대를 이기진 못한다는 걸 보여 줬어. 만약에 이걸 내놓고 진짜라고 얘기했어 봐. 끌려갔을걸? 그런데 연암은 이거 소설이다, 그래 가지고 이야기처럼 썼잖아. 그러니 박지원이 최고의 승자일까?"

"그, 글쎄요?"

"이렇게 승자가 누군지는 알 수 없어. 그렇다면 지금 시대에는 누가 최고의 승자겠니?"

"부자요."

"그렇지. 자본주의 시대에는 돈 많이 버는 게 최고의 승자겠지. 그럼 네가 돈 벌겠다고 얘기한 건 맞아. 삼성전자 가서 돈 벌겠다고 한 거 말이야."

"그, 그런가요?"

또다시 자신의 얘기로 돌아오자 현준이는 갑자기 머릿속이 복잡해지기 시작했다.

"그러고 보니 넌 계속 큰돈을 벌기 위해 공부만 하면 되는데 왜 나한테 와서 이런 걸 배울까?"

"잘 모르겠어요."

"부자가 되는 게 전부가 아닐 수도 있어. 이 세상에는 엄청나게 많은 다양성이 있는 거야. 우리 세상의 삶은 꼭 돈이라든가 명예라든가 하는 어떤 하나의 단순한 시각만으로 볼 수가 없단다. 그렇게 다들 사람마다 다양하게 느끼는 거야."

"아하!"

현준이는 이런 대화가 점점 흥미로워지기 시작했다.

"이런 이야기 또 많아요?"

"그럼. 책에 보면 무궁무진하게 나오지. 알렉산더와 디오게네스의 예를 들 수도 있어. 알렉산더 대왕은 엄청난 권력과 힘을 가져서 자기 힘으로 못 하는 게 없었지만, 딱 한 명 혀를 내두른 사람이 있었어. 디오게네스라는 술 취한 철학자였지. 어느 날 알렉산더 대왕이 포도주 통 속에서 자고 있는 디오게네스 앞에 가 가지고 손을 들어 말했단다."

"뭐라고요?"

"그대의 소원을 말해 봐라, 뭐든 들어주겠노라. 그랬더니 디오게네스가 뭐랬는지 아냐?"

현준이는 조금 생각을 해 보았다. 뻔한 대답은 하지 않았을 게 분명했다. 뭔가 반전이 있을 것 같았다.

"그대의 왕좌를 내놓으시오. 이러지 않았어요?"

"허허 녀석. 철학자가 그딴 거에 눈이 어둡겠냐? 대왕을 깔보면서 말했잖아. 햇빛이나 좀 가리지 마시오."

"네?"

"통 앞에 서서 폼 잡으니까 디오게네스가 웃기지 마라 인마, 이런 거지. 내가 네깟 놈의 권력이 탐날 줄 아냐? 그게 바로 인문학이야. 무엇이 중요한지, 무엇이 더 소중한지에 대한 기준을 정하는 거지."

"그럼 디오게네스한테는 햇빛이 더 중요했던 거예요?"

"그렇지. 햇빛이 상징하는 자유를 무엇과도 안 바꾼다 이거지. 네가 이렇게 《양반전》을 공부하면서 과연 이 사람은 누구인가, 무엇을 얻었나, 왜 사는가, 어떠한 결과로 빚을 졌는가, 이런 걸 공부하는 게 인문학이야. 사람이 살아가는 모습에 대해 아는 거지. 이건 정답도 없고, 또한 정답이 있다 해도 시대에 따라 보는 사람에 따라 달라질 수 있단다. 그 다양성 안에서 아주 보편적이고 절대적인 것을 찾아내려고 애를 쓰는 게 인문학 공부야."

짧은 작품 하나를 읽고 현준이는 엄청나게 많은 생각을 하게 됐다. 알 것도 같고 모를 것도 같았지만.

"자, 이제 책 얘기는 그만하고 글을 써 보도록 하자."

김청강 작가는 과제를 또 내 주었다. 그 자리에서 글을 써야 했다.

"글 제목은 '친구', 친구에 대해서 한번 써 봐라."

글이라곤 여태껏 한 번도 써 본 적이 없는 현준이는 30분 동안 끙끙대며 글을 썼다.

"다 썼니?"

"네."

"어디 한번 읽어 보자."

김청강 작가는 현준이의 글을 큰 소리로 낭독했다.

### 친구

친구는 정말 소중하다. 우정이 있기 때문이다.

나는 몇 명의 친구가 있다. 그 친구들과는 어려서부터 재미있는 일을 많이 겪었다. 정말 신 나는 친구들이다. 이 친구들과 오늘도 축구를 할 것이다.

친구가 있기 때문에 토요일이 즐겁다. 〈끝〉

김청강 작가는 잠깐 어이없다는 표정을 짓더니 이윽고 크게 웃었다. 그러면서 말했다.

"현준아, 너는 글을 어떻게 쓰는지 전혀 모르는구나!"

"네?"

"이렇게 글을 쓰면 독자들이 읽고서 감동을 받겠니?"

"그, 글쎄요."

"글은, 구체적으로 써야 하는 거야. 너에게 친구가 있다면 누구인지, 그 친구들하고 어떤 일을 겪었는지, 그리고 그 일을 통해 너는 무엇을 알고 느끼게 되었는지. 그래서 독자들에게 네가 느낀 것을 공감하게 만드는 것이 글이란다. 그런데 네 글을 봐라. 얼마나 막연하고 성의 없고 무심한지. 감동도 없고 재미도 없잖아."

"그러려면 길게 써야 하잖아요?"

"필요하다면 길게 써야지."

"너무 길면 지루할 텐데요?"

"재밌고 길게 쓰면 지루하다고 느낄까? 자, 다시 한번 써봐."

김청강 작가에게 가 있던 글쓰기 노트는 엉망이 되어 돌아왔다. 빨간 펜으로 여기저기에 지적사항이 적혀 있었다. 현준이가 머리에 쥐가 나는 기색을 보이자 김청강 작가가 말했다.

"잠깐 쉬었다 할까?"

그러고는 음악을 틀었다. 음악 소리가 작업실에 울려 퍼졌다. 작업실은 수만 권의 책과 음반으로 가득 차 있었다. 이곳에 온 첫날에는 그 엄청난 양에 기가 죽을 정도였다. 그러나 몇 번 오다 보니 이제는 별로 신기하게 여겨지진 않았다. 음악을 들으며 마음의 평안을 느끼고 있을 때 갑자기 현준이는 궁금한 게 생겼다.

"선생님, 그때 그 자전거 태워 주던 친구 있다 그랬잖아요?"

"응, 그랬지."

"그 뒤에 어떻게 됐어요?"

"음, 이야기가 좀 긴데 말이야…… 그때 그 친구가…… 어디까지 이야기했지?"

"친구가 매일 자전거 태워 줬다 그러셨어요. 그래 가지고 선생님이 자전거 타고 다녔다고요."

"그래. 친구가 항상 나를 자전거로 태워다 줬지. 자전거가 내 발 노릇을 했단다. 요즘은 자가용을 타고 다니지만 그때는 그 친구가 자전거를 태워 주는 게 유일한 이동 수단이었고 낙이었어. 그 친구 덕에 같이 독서실도 다니고 바람도 쐬고 했단다."

현준이는 눈을 반짝이며 이야기를 들었다.

"한번은 우리나라 권투선수가 세계 타이틀 매치를 해 가지고 케이오를 시켰어. 너무 기분이 좋아서 그 친구한테 전화를 걸었지. 그 친구도 좋아서 환호성을 지르고 있기에 말했어. 석환아, 기분도 좋은데 우리 바람이나 쐴까? 그러자 그 친구는 두말없이 자전거를 타고 우리 집에 왔어. 그렇게 같이 자전거를 타고 동네를 한 바퀴 돌고, 맛있는 것도 사 먹고 했지. 그러다가 사건이 터졌단다."

"네? 사건요?"

그때였다. 휴대전화가 울렸다. 미리 약속이 되어 있던 민석이와 종민이었다. 김청강 작가는 전화를 받으라는 듯 고개를 끄덕였다.

"야, 축구하러 왔어! 극일빌딩 맞지?"

"니들 왔냐? 맞아!"

"창밖에 내다봐 봐!"

창밖을 내다보니 녀석들이 축구공을 튕기며 손을 흔들고 있었다.

"어! 조금 있다가 내려갈게!"

수업이 끝나고 가까운 초등학교 운동장에서 축구를 하기로 했던 것이다. 김청강 작가는 웃으며 말했다.

"친구들이 온 모양이구나?"

시계를 보니 벌써 3시가 넘었다. 두 시간 정도 공부하기로 약속이 되어 있었던 걸 생각하면 꽤 오래 공부한 거였다.

"좋다, 나중에 얘기해 주마. 오늘 쓸 글은 숙제로 내 주겠다."

허둥지둥 가방을 싸서 내려갈 때 김청강 작가가 말했다.

"너 혹시 오늘 오다가 고등학생 여자애 내려가는 거 봤니?"

"네! 지난주에도 봤어요."

"응, 걔도 내 문하생이다."

"그래요?"

현준이는 속으로 쾌재를 불렀다. 그동안은 건물 어느 층에서 내려오는 여학생인지 몰랐던 것이다.

"소연이라는 애야. 다음 주부터는 소연이가 오전에 특기 활동이 있다고 해서, 오후에 너랑 같은 시간에 공부하기로 했다. 다음 주부터는 같이 공부하니까 덜 외로울 거야."

순간 현준이는 가슴이 쿵쾅대기 시작했다. 한번쯤 이야기 건네고 싶었던 여고생 누나와 함께 공부를 하게 되다니. 계단을 내려오는 현준이는 가슴이 설렜다. 축구할 생각에서가 아니라 소연이와 함께 공부하게 되었다는 사실에.

제 4 장

# 압도적인 실력 차이

시원한 봄바람이 산에서부터 화계공원으로 불어 내
려오고 있었다. 등산복을 입은 사람들이 삼삼오오 산을 오
르내리며 완연한 봄 날씨를 즐겼다. 휠체어를 탄 김청강 작
가는 야외용 테이블 앞에 자리를 잡고 있었다. 자전거를 타
고 이제 막 도착한 현준이가 인사를 했다.

　"안녕하세요!"

　자전거를 한쪽으로 묶어 놓는 현준이에게 김청강 작가는
빙글빙글 웃으며 말했다.

　"인사 똑바로 못 하냐?"

　"네?"

　"똑바로 차렷, 해 가지고 양손 붙이고 허리를 15도 정도

구부릴 줄 알아야지."

그 말에 현준이는 김청강 작가 앞에 서서 다시 제대로 인사를 했다.

"아, 안녕하세요?"

"그래, 앞으로는 꼭 그렇게 인사하는 걸 훈련하도록 해."

테이블 앞 벤치에는 이미 소연이가 앉아 책을 보고 있었다.

"이쪽으로 앉아라."

김청강 작가는 현준이에게 자신의 옆 벤치를 가리켰다.

공원 안에는 꽃잎이 져서 조금씩 떨어지고 있었다. 김청강 작가는 하루 전에 두 사람에게 문자를 보내 이곳으로 모이도록 했다.

> 내일은 야외 수업. 화계공원에서 만나자. 12시까지 오도록 해.

야외 수업을 한다는 말에 현준이는 기분 전환이 되는 느낌을 받았다.

"봄에 밖에 나오니 좋지?"

"네!"

현준이는 살짝 들뜬 모습이었다.

"소연아 인사해라. 여기는 문하생으로 들어온 신입생 현준이야."

"안녕?"

소연이는 읽던 책에서 잠시 눈을 떼서 현준이를 바라보고 나서 다시 고개를 숙였다. 소연이가 읽고 있는 책은 박완서 작가의 《엄마의 말뚝》이었다. 지난주에 똑같은 책을 김청강 작가는 현준이에게도 나눠 줬다.

"《엄마의 말뚝》 다 읽어 왔니?"

"네? 네."

《엄마의 말뚝》은 현준이가 제대로 읽은 첫 소설이었다. 소설이나 문학 작품은 거의 접해 보지 않았던 현준이가 장편 소설인 《엄마의 말뚝》을 읽어 낸 것은 스스로 생각해도 놀라운 일이었다.

"어때? 읽으니까. 재밌었어?"

"그저 그랬어요."

"줄거리를 말해 봐."

《엄마의 말뚝》은 사람이라면 누구나 가지고 있는 마음속 중심에 대한 소설이었다. 소설의 주인공 '나'는 어릴 적 아버지를 여읜다. 그리고 엄마의 손에 이끌려 서울로 온다. 오빠는 이미 공부를 하기 위해 서울로 와 있었다. 엄마는 그런 나에게 신여성(新女性)이 되어야 한다고 강조한다.

남편 없이 혼잣손으로 삶을 꾸려야 했던 엄마는 인왕산 아래 산동네 셋방에서 삯바느질을 해 가며 자식들 공부를 뒷바라지한다. 엄마의 목표는 단 하나, 교육에 모든 걸 투자해 오빠와 '나'를 잘되게 하는 것이다. 서울이라는 도시의 사대문(四大門) 안에서 남부럽지 않게 살 날을 기다리며 말이다. 그러기 위해 오빠를 신앙에 가까운 믿음으로 뒷바라지한다.

그 결과 인왕산 기슭에 자그마한 집을 장만하게 된다. 오래된 집이었지만 처음 장만한 내 집이라 엄마는 무척 기뻐했다. 한마디로 엄마는 말뚝을 박은 것이다. 그러다 터진 6·25 전쟁 통에 오빠가 비참하게 죽는다. 하나밖에 없는 아들을 잃고 실의에 빠졌지만 삶을 놓을 수 없었던 엄마는 오빠가 남긴 아이들을 돌보며 노후를 보낸다. 그러다 어느 날 넘어져 수술을 받았는데 약물 부작용으로 발작을 일으킨다. 그때 전쟁 중에 아들을 잃었던, 묻어 두었던 기억이 떠오른다. 오빠는 6·25 때 피난을 가지 못하고 정신이상 증세를 보이며 숨어 지내다가 살해되고 말았던 것이다.

수술 후, 엄마는 얼마를 더 살다 돌아가셨다. '나'는 엄마의 유언대로 시신을 화장하여 고향을 볼 수 있는 강화도 바닷가에 장례 지내고자 하지만 그마저도 장성한 조카가 고집을 부려 할 수 없이 서울 근교의 공원묘지에 매장한다.

해방 직후의 사대문 밖 현저동을 배경으로 한 연작소설로 6·25 전쟁의 비극과 분단의 고통을 이겨 내려는 엄마의 억

척스러운 생활 의지를 주제로 한 작품이었다. 엄마의 삶은 개인의 삶이 아니라 가족과 민족의 역사 차원에서 의미 있는 삶이었다.

현준이는 소설 내용을 주절주절 떠들었다.

"그래. 잘 읽었고, 소연이 너는 여기서 뭘 느꼈니?"

소연이는 눈을 동그랗게 뜨고 말했다.

"말뚝이 있어야 사람은 중심을 잡는 것 같아요. 그 형태는 여러 가지고, 사람마다 다 다르겠지만요. 말뚝이 없는 사람은 말뚝을 마련하려고 애쓰는 것 같고, 말뚝이 있는 사람은 그 말뚝을 뽑으려고 애를 쓰는 것 같아요. 어느 게 정답인진 알 수 없어요."

생각지도 못했던 대답이었다. 현준이는 입을 벌렸다. 말뚝이 그렇게까지 해석이 되는지는 몰랐다.

"현준이, 여기 나왔던 엄마의 말뚝은 뭘까?"

"그, 글쎄요. 엄마의 말뚝은 집인 것 같아요. 집을 하나 장만하는 게 서울이라는 곳에서 생활할 수 있는 밑천이 되니까요."

"그렇지. 하지만 집 없는 사람이 다 말뚝이 없는 건 아니겠지?"

"그, 글쎄요."

그때 소연이가 말했다.

"집은 의식주 중 하나잖아요. 아무래도 머물 곳이 있다는 것은 그만큼 생활이 안정되었단 거고, 또 그 집을 통해서 이웃 혹은 지역 사회에서 어떤 역할을 할 수 있기 때문에 집을 말뚝으로 삼는 사람이 많을 것 같아요."

"그래, 소연이 말도 맞는 것 같다."

　무슨 주제가 됐든 소연이가 하는 말이 훨씬 수준이 높았다. 시간이 흐를수록 현준이는 얼굴이 붉어지는 것을 느꼈다.

"좋아, 문학 작품을 읽으면서 각자 다르게 해석하는 건 바람직해. 그러면 여기까지 하고 자, 한자 공부들 열심히 해 왔지? 시험을 봐야겠다."

　며칠 전부터 한자시험에 더욱 열을 올렸던 현준이다. 학교에 가서도 시간 날 때마다 한자 쓰는 연습을 했다. 점심을 먹고 남는 시간에 축구하러 가자는 것도 마다할 정도로 한자 공부에 매달렸다. 그 모습을 본 민석이와 종민이가 물었다.

"너 그거 그 김청강이라는 분 숙제냐?"

"어, 맞아."

　김청강 작가의 커리큘럼은 단순했다. 매주 한자시험을 보고 그런 다음에는 매일 쓴 일기를 읽고 첨삭했다. 일기에 대한 확신은 김청강 작가에게 거의 종교와도 같았다.

"매일 뭔가를 쓴다는 건 작가가 되려거나 지식인이 되려거나 간에 꼭 필요하고 중요한 일이다. 우리가 밥을 매일 먹지 않니. 밥을 먹어야 우리 삶이 계속 영위되듯이, 글을 쓰고 일기를 쓰는 행위가 계속되어야 우리의 지적인 감성이나 느낌이 성장하는 거야."

하지만 일기를 어떻게 쓰는지 가르쳐 주진 않았다. 그래서 현준이는 그냥 그날 있었던 일을 순서대로 나열하기만 할 뿐이었다. 일기 첨삭이 끝난 뒤에는 정해진 주제로 글을 쓰도록 했다. 그런 다음 김청강 작가가 첨삭한 것을 가지고 이야기를 나누었다.

그러나 무엇보다도 중요한 것은, 주어진 책을 읽고 글을 쓰고 한자시험을 보면서 불쑥불쑥 던지는 화두를 가지고 하는 토론과 대화였다. 통념으로 알고 있는 모든 지식들이 김청강 작가와의 대화를 통해 깨져 나갔다. 지난번 《양반전》 수업 때도 그랬다. 이번 야외 수업에는 또 어떤 일이 기다리고 있을지 현준이는 설레면서도 두려웠다. 게다가 앞에는 해사한 얼굴의 소연이가 있었다.

"참, 내 정신 좀 봐. 자, 둘이 정식으로 인사해라."

뒤늦게 김청강 작가는 서로를 소개시켰다.

"안녕하세요, 저는 상동중학교 3학년 김현준이에요."

"안녕, 나는 대선여고 1학년 김소연이야. 반가워."

"현준아, 소연이 누나는 작가가 되는 게 꿈이다. 공부도 잘하고 글도 잘 쓴단다. 아마 누나한테 배울 점이 많을 거야. 그리고 소연아, 현준이는 나한테 와서 배운 지 얼마 안됐어. 네가 좀 잘 지도해 줘라.”

“네.”

소연이가 짧고 새침하게 대답했다.

“자, 한자시험 준비됐지?”

두 아이는 말없이 노트를 꺼냈다. 현준이는 갑자기 의문이 생겼다.

“선생님, 누나랑 저랑 진도가 같아요?”

“아냐, 달라. 문제는 따로 낼 거야.”

김청강 작가는 교재 두 권을 펼쳐 놓고 문제를 출제했다.

“자, 1번은 공통 문제다. 음악회.”

공통 문제와 각자의 문제를 섞어 가며 10문제를 냈다. 현준이는 긴장해서인지 아까까지 외우고 있던 한자가 떠오르지 않았다. 바람이 부는데도 진땀이 날 지경이었다. 흘끗 소연이를 쳐다봤더니 소연이는 눈빛 하나 까딱하지 않고 한자를 써 내려갔다.

“다 했나?”

“자, 잠시만요.”

머리를 쥐어짜며 현준이는 미처 쓰지 못한 한자들의 획을 기억해 내야만 했다. 막막했다. 비슷하게 그림처럼 대충 그리긴 했지만 맞는지 확신할 수가 없었다.

"자, 이리 가져와 봐."

김청강 작가는 빨간 펜으로 채점을 했다. 그동안에도 소연이는 가지고 온 손바닥만 한 작은 문고판 책을 읽고 있었다. 1분 1초도 허투루 쓰지 않겠다는 태도였다.

"자, 점수 나왔다. 소연이 9점, 현준이 7점."

7점이란 소리에, 현준이는 쥐구멍이라도 들어가고 싶은 심정이었다. 1개는 확실히 틀렸지만 나머지 2개는 왜 틀렸는지 확인해야만 했다.

"어, 어디가요?"

"자, 여기에서, 음악회에서 '악(樂)' 자의 가운데에 '백(白)' 자가 들어가야 하는데 너는 '스스로 자(自)'를 썼어. 획을 하나 더 그은 거야."

"아니, 비슷하잖아요!"

"하나 더 긋는 게 비슷하진 않지. 그러면 '아' 하고 '야' 하고 비슷하다고 같은 글자냐?"

할 말이 없었다. 김청강 작가는 비유의 천재였다. 무슨 이야기를 하든 꼼짝 못 할 비유를 들이대는 데에는 질릴 지경이었다.

"소연이는 9점. 여기 획을 삐쳐야 하는데 안 삐쳤어."

소연이는 말없이 틀린 글자를 시험 본 종이 옆에다 몇 번 써 보았다. 현준이는 거푸 소연이에게 망신당하는 것 같았다.

"자, 일기를 읽을 동안 너희들은 가서 글을 쓰도록 해."

두 사람은 일주일의 기록이 담겨 있는 일기장을 동시에 내밀었다. 소연이의 일기장은 얼핏 봐도 2, 300페이지 정도 되는 엄청나게 두꺼운 것이었다. 마치 제본된 책 같았다. 세로로 스프링이 감겨 있는 후줄근한 대학노트를 내미는 현준이가 부끄러울 정도였다. 김청강 작가가 일기를 읽으며 빨간 펜으로 틀린 글자라든가 잘못된 표현을 체크할 동안 두 아이는 글을 썼다. 글의 주제는 '흡연'이었다.

"선생님, 저 담배 안 피우는데요?"

"글은 무엇이든 소재로 해서 쓸 수 있어. 흡연에 대한 평소 생각이 있을 거 아냐?"

소연이는 벌써 가느다란 샤프로 뭔가를 쓰기 시작했다. 한 치의 망설임도 없었다. 입술을 살짝 깨물며 글을 써 나가는 그 표정은 보고만 있어도 모범생다웠다. 앞으로 흘러내리는 머리카락을 간혹 귀 너머로 넘기기도 했다. 써 내려가는 속도가 장난이 아니었다.

반면 현준이는 흡연에 대해서 떠오르는 생각이 너무나 단순했다. 아빠가 담배 끊기 전의 모습, 가끔 담배를 피우고 꽁초를 아무 데나 버리는 몰염치한 고등학생들이나 대학생들, 영화에서 주인공이 멋있게 담배 피우는 장면, 이런 것들밖에 떠오르지 않았다. 한참을 끙끙대며 쓰던 현준이를 보고 김청강 작가가 말했다.

"이 자리가 불편하면 공원 아무 데서나 자유롭게 쓰고 와도 돼. 시간은 20분 더 줄게."

아무래도 소연이 앞에서는 집중이 되지 않았다. 현준이는 저만치 떨어져서 글을 쓰기 시작했다.

## 흡연

우리 아빠는 얼마 전까지 담배를 피우셨다. 그런데 건강이 나쁘다고 끊었다. 텔레비전을 켜면 온통 담배를 끊으라는 말밖에 없다. 이렇게 나쁜 건데 또 웃기는 건 나라에서 담배를 판다는 거다. 국민들에게 안 좋은 걸 팔고 그 세금을 국민들을 위해 쓴다고 한다. 내가 볼 땐 담배가 제일 아이러니한 물건인 것 같다.

왜 정부는 그러는 걸까. 정말 국민이 원한다면 아예 담배를 재배하지도 말고 팔지도 않으면 좋지 않을까. 그러면 담배를 기르는 사람들이 또 어려워지려나?

담배야말로 이상한 물건이다. 많이 피우면 나라에 도움이 되는 것 같고 많이 피워서 암에 걸리면 또 나라의 건강보험에서 돈을 빼 와야 하니, 피우지 않을 수도 없고 피울 수도 없다. 국민건강보험공단이 담배를 만들어 파는 KT&G를 고소한 걸 보면 웃기다. 한때는 같은 정부기관이었다는데. 대통령이 정리할 수 없을까? 세상에는 알지 못할 일이 가득하다는 걸 흡연만 봐도 알 수 있다.

나름 흡족하게 잘 쓴 것 같았다. 다 써서 가지고 가자 김청강 작가는 현준이의 글을 읽은 뒤 소연이 것도 읽었다.

"자, 둘이 바꿔서 한번 읽어 봐라."

현준이는 머뭇거리며 소연이의 노트를 받아 쓴 글을 살펴보았다. 깨알 같은 글씨가 촘촘히 쓰여 있었다.

### 연쇄살인범

살인도 습관이다. 끔찍한 일조차도 인간은 습관으로 만든다. 영화를 보면 연쇄살인범들이 끊임없이 사람을 죽이며 그것을 기록한다. 우리 생활에도 연쇄살인범은 많이 있다. 바로 담배다. 아니, 담배는 어쩌면 연쇄살인범이라기보다는 슬로 킬러라고 할 수 있다. 사람을 서서히 죽이기 때문이다. 아직도 담배에는 얼마나 많은 독성 물질이 들어 있는지 알지 못한다고 한다. 그런데 그 많은 독성 물질 덩어리인 담배를 사람들은 즐긴다. 애연가, 끽연가라는 말이 있을 정도

이다. 남에게 피해를 주고 또한 자신에게 피해를 주는 물건이 담배이다. 슬로 킬러이며 연쇄적으로 이 세상에 수많은 사람을 암으로 죽이는 존재인 담배. 인간은 그러한 담배에 중독이 되고 그런 담배로 인해 죽어 가고 건강을 해친다. 그러면서도 그들은 끊임없이 피워 대고 있다.

제3세계 국가에서는 담배회사들이 담배 피우는 사람이 멋있고 담배를 피우면 우월해지고 자유로워진다는 내용의 광고를 한다고 한다. 그것도 청소년들이 좋아하고 볼 만한 잡지나 매체에 노출한다고 한다. 어른들은 청소년을 보호한다면서 그들 역시 상업적인 자본주의의 논리에서 자유롭지 못하다. 결국 인간으로 태어나면 누군가 이익을 추구하는 자들의 도가니 안에 갇히는 듯하다. 그중 담배가 가장 상징적인 물건이다.

우리 학교에도 담배를 피우는 여자애들이 많이 있다. 그 아이들이 담배를 피우는 이유는 단 하나다. 멋있어 보이기 위해.

시각장애인들은 담배를 피우지 않는다고 한다. 그 이유는 자신이 뿜어내는 그 담배 연기를 보지 못하기 때문이란다. 그렇게 따진다면 결국 담배는 시각 만족을 위해 피우는 것이리라. 청소년기는 남에게 잘 보이기를 바라는 시기다. 그러한 청소년들의 본능과 충동에 영합한 것이 담배라는 물건이다. 연쇄살인범을 가까이하고 살아가기 시작하거나 연쇄살인범 '슬로 킬러'를 처음 만나는 시기. 청소년기이다.

다 읽고 난 현준이는 입이 딱 벌어졌다. 끙끙대며 자기가 몇 줄 쓸 동안 소연이의 글은 담배에 대해 마치 공부해 놓고 있다가 쓴 것 같았다. 눈을 들어 소연이를 바라보았다. 소연이는 아무 말 없이 현준이의 글을 읽고 테이블에 올려놓았다.

"소연이가 한번 첨삭해 봐."

소연이는 기다렸다는 듯이 빨간 펜을 들어 현준이의 글을 체크하기 시작했다.

"현준이도 소연이 누나 거 한번 해 볼래?"

상상도 할 수 없는 일이었다. 자기 눈에 완벽해 보이는 글을 어떻게 다듬는단 말인가.

"아, 아, 아니요."

잠시 뒤 소연이가 시뻘게진 현준이의 노트를 내밀었다. 현준이가 읽어 보니 소연이는 '구체적이지 못하다'부터 '이건 무엇인가?', '언제 그랬나?' 등등의 질문과 함께 잘못된 표현을 바로잡아 놓았다. 바로잡혀 있는 표현으로 바꿔 읽어 보니 훨씬 매끄러워진 것을 느끼며 현준이는 뜨끔했다.

"놀랐니?"

"그, 그냥요."

"소연이는 중학교 2학년 때부터 나한테 와서 글을 배웠어. 웬만한 대학생들보다 글을 잘 쓰지."

"그, 그런 것 같아요."

"그래. 자, 이제는 쉬면서 음료수나 한 잔 마시자."

매점에 가서 우유와 커피, 주스를 사 가지고 오면서도 현준이는 괴로웠다. 자신의 무식과 교양 없음이 그대로 드러난 것 같았기 때문이다.

음료수를 마시며 이런저런 이야기를 나누던 끝에 소연이가 물었다.

"현준이는 꿈이 뭐니?"

"저요? 삼성전자에 취직해서 돈 많이 버는 건데요."

"풋, 호호호!"

소연이는 그 이야기를 듣자마자 웃음을 터뜨렸다.

김청강 작가는 예상했다는 듯이 빙긋빙긋 웃었다. 삼성전자에 취직해서 돈을 많이 버는 게 왜 웃음거리가 되는 일인지 현준이는 알 수 없었다.

봄바람이 옷 사이를 파헤치며 들어오는 4월의 어느 날이었다.

# 짝사랑

김청강 작가가 엄한 얼굴로 소연이와 현준이를 내려
다보며 한자시험 문제를 냈다.

　"사랑, 애정, 결혼, 가정, 양육, 자녀……."

　내는 문제마다 가족 관련 단어였다. 분명히 공부한 단어
들이었는데, 현준이는 머릿속이 하얘지면서 한 획도 생각이
나지 않았다. 땀을 삐질삐질 흘리고 있을 때 소연이가 옆에
서 발그레한 뺨을 하고 말했다.

　"선생님, 사랑은 한글이잖아요?"

　"어허, 사랑도 한번 한자로 써 봐. 너희들이 가장 적합하
다고 생각하는 자로."

　이건 무슨 뚱딴지같은 소리란 말인가. 현준이는 볼이 부어

말했다.

"선생님, 범위에 없는 건 내지 마셔야죠. 사랑을 어떻게 한자로 써요?"

"창의력을 발휘해. 왜 한자로 못 써? '사' 자도 있고 '랑' 자도 한자에 다 있어."

"아, 미치겠네, 정말."

"이 녀석 말버릇 봐라."

김청강 작가가 눈을 부라렸다. 그러나 말해 놓고는 아차 싶었다. 어쩌면 아직 사랑을 경험해 보지 못했을 수도 있겠구나 싶었던 것이다. 아니나 다를까 현준이가 볼멘소리로 투덜거렸다.

"사랑을 해 봤어야 알죠. 사랑이 뭔지도 모른단 말이에요."

그때였다. 아련한 재스민 향이 현준이의 코에 스며든 것은. 고개를 돌리자 소연이의 하얀 얼굴이 가까이 다가와 나지막이 속삭였다.

"현준아, 사랑이 뭔지 몰라?"

"으, 응……."

"이게 사랑이야."

김청강 작가가 보든 말든 소연이는 현준이의 두 귀를 감싸고 자기의 입술을 현준이의 입술에 갖다 댔다. 촉촉하고 부드러운 입술이 현준이의 입술을 덮쳤을 때 현준이는 그대로 정신이 나갈 것만 같았다. 이게 꿈인지 생시인지 알 수가 없었다. 부드러운 소연이의 키스에 뼈와 살이 녹아내리는 듯했다.

"우, 읍!"

숨이 멎고 가슴이 제멋대로 쿵쾅쿵쾅 뛰었다.

그때 현준이는 정신을 차리기 위해 눈을 번쩍 떴다. 꿈이었다. 책상 위에 엎드려 공부를 하다 잠깐 잠을 자면서 꿈을 꾼 거였다.

"휴!"

부끄럽게도 책상 위에는 침이 흘러 있었다. 잽싸게 침을 닦고 시계를 보니 자정이 넘어 있었다. 벌써 잠들었어야 할 시간이었다. 책상 위에 엎드려 자느라 찌뿌둥했던 몸을 제대로 펴지도 않고 그대로 침대로 던졌다.

소연이 앞에서 한자시험을 볼 때마다 망신당하던 것을 만회하기 위해, 현준이는 밤마다 김청강 작가가 시험 범위로 내 준 한자를 공부하고 있었다. 막 잠이 들려는 순간 천장에 소연이의 얼굴이 떠올라 잠이 달아나 버렸다. 소연이는 아무리 봐도 예뻤다. 하얀 피부에 고운 이목구비, 거기다가 지적이기까지……. 남자들이 좋아할 요소를 모두 갖추고 있었다. 평생 그런 여자를 본 적이 없는 현준이는 생각할수록 가슴이 설레는 것을 느꼈다. 오려던 잠이 달아나고 말았다. 이리 뒤척, 저리 뒤척 하던 현준이는 휴대전화를 꺼내 소연이에게 메시지를 보냈다.

누나, 한자시험 공부 다 했어요?

고등학교 1학년이니 12시가 넘은 이 시각에도 잠을 자고 있지 않을 것 같았다. 예상은 틀리지 않았다. 바로 답이 왔다.

현준이 아직도 안 자는구나. 시험공부는 매일 조금씩 하고 있어.

현준이는 자신도 모르게 오기가 발동했다.

이번엔 내가 꼭 만점 받을 거임

호호, 그래. 어서 자삼.
중딩들은 빨리 자야 큼^^.

치. 나도 내년에 고등학교 갈 거임

알았어, 알았어.

내년에 나는 고 2야.

애고애고, 벌써 늙어 가다니.

    문자를 보내면 소연이는 항상 이렇게 장난 투로 받았다. 현준이는 그것이 못내 섭섭했다. 한 번도 자신의 문자에 진지한 반응을 보여 준 적이 없었기 때문이다.

    불을 끄고 눈을 감았다. 하지만 꿈속에서 자신의 입술을 덮쳤던 소연이의 부드럽고 촉촉한 입술이 영 뇌리에서 사라지지 않았다. 키스라고는 어린 시절 같은 반 여자애와 학교 화장실 뒤에서 몰래 숨어 했던 것이 전부다. 뭔지도 모르고 했던 키스의 추억은 희미했다. 꿈속에서 해 본 소연이와의 키스가 오히려 더 생생하게 느껴졌다. 엎치락뒤치락 밤늦도록 현준이는 소연이를 생각하느라 잠들지 못했다.

    다음 날 현준이가 허둥지둥 학교에 갔을 때, 퀭한 얼굴에 다크서클이 광대뼈까지 내려와 있는 것을 보고 종민이가 말을 걸어왔다.

    "야, 야, 너 다크서클이 무릎까지 처지겠다, 인마. 너 잠 못 잤냐?"

    "야, 너 밤에 이상한 짓 했지?"

    민석이가 맞받아쳤다.

"아냐, 인마, 잠을 잘 못 자서 그래."

"왜? 무슨 짓 하느라 못 잤어? 너 야한 거 봤지? 키키키!"

녀석들은 멋대로 떠들어 댔다.

"그런 게 아니라고. 김청강 선생 시험공부 하느라 못 잤어."

"야, 그나저나 너는 그 김청강 선생 이야기 해 준다더니 어떻게 됐어?"

"무슨 이야기?"

"뭐 자전거 얘기 해 준다며?"

"아, 그 이야기 아직 나도 못 들었어. 나중에 듣게 되면 해 줄게."

"그래, 근데 너 무슨 일 있지?"

녀석들은 개코처럼 냄새를 잘 맡았다.

"아니."

"무슨 일 있어, 분명히. 말해 봐."

"뭐야, 뭐야. 왜 잠을 못 자는 거야? 너 같은 놈이."

"아, 글쎄 별거 아니야."

녀석들의 등쌀은 점심시간까지 이어졌다. 결국 현준이는 점심을 먹고 학교 운동장 벤치 한쪽 구석에 앉아 말을 꺼낼 수밖에 없었다. 입이 많으면 쇠도 녹인다고 했던가. 두 녀석이 번갈아 물어보는 통에 현준이는 정신이 하나도 없었다.

그러다 보니 사실대로 고백하지 않을 수 없었다.

"사실은, 김청강 선생한테 와서 배우는 고등학교 1학년 누나가 하나 있어."

"오와, 이 자식 봐라, 여자하고 같이 배우는 거야?"

"우아! 대~애박!"

두 녀석은 펄쩍펄쩍 뛰었다. 그 이야기는 한 번도 하지 않고 가슴속에 고이 간직했던 비밀 아닌 비밀이었다.

"누구야, 누군데? 예뻐? 늘씬하냐?"

"나도 글 배우러 가야겠다."

"응. 그리고 공부도 잘해. 나중에 작가 되는 게 꿈이래."

이 이야기를 하는데 왜 자신이 자랑스러운지 현준이는 알 수 없었다.

"우아아! 문학소녀다! 문학소녀!"

"대박이다!"

녀석들은 펄쩍펄쩍 뛰었다.

"야, 그런 건 아니고."

"현준아, 그 누난지 소녀인지 우리가 보러 가면 안 되냐?"

종민이가 마구 들이댔다.

"야, 어떻게 보러 오냐? 니들은 김청강 선생한테 배우러 다니지도 않잖아."

"너 데리러 가는 척하면서 살짝 보면 되지. 뭘 그런 걸 격

정해?"

"글쎄?"

"너, 그 누나 좋아하는구나?"

민석이가 현준이의 표정을 살피며 짓궂게 물었다.

"야, 좋아하긴 인마. 같이 공부한 지 이제 한 달밖에 안 됐어. 일주일에 한 번씩밖에 안 보는데."

"뻥치시네. 얼굴에 쓰여 있는데. 짝사랑하고 있는 거지? 어쩐지 요즘 얼굴에 여드름이 많이 난다 했어."

"야, 그런 게 아니라니까! 아, 진짜. 그 누나 때문에 쪽팔려 가지고……."

현준이는 할 수 없이 사연을 이야기했다. 한자시험을 볼 때마다 소연이보다 성적이 안 나올 뿐만 아니라, 작품을 읽고 대화를 나누어도 항상 지적인 깊이가 달라 상대가 되지 않는다고 털어놓았다. 어떤 작품을 읽더라도 현준이는 그저 줄거리를 읽고 받아들이기 급급하지만, 소연이는 그 안에 있는 깊이 있는 주제라든가 사상을 해석하는 건 물론 자신의 생각까지 덧붙일 줄 알았다.

"와, 그 누나가 소설 쓰면 잘 쓰겠다."

"맞아, 나도 나중에 그 누나 소설 꼭 사 봐야지."

"근데 우리 아빠가 그랬는데, 만화나 소설 가지곤 먹고살기 힘들대."

"야, 야, 그래도 정상에 있는 사람들은 다 잘살아. 인기 웹툰 작가들 봐. 유명하잖아. 그 누나도 뜨면 되지 뭐. 조앤 롤링처럼."

현준이는 갑자기 친구들이 철없이 떠드는 걸로밖에 안 들렸다. 녀석들에게 자기 얘기를 계속해야 하나 말아야 하나 고민이 됐다.

"야, 그 누나한테 대시해."

"아, 뭐래? 그런 거 아니라고 몇 번을 말하냐?"

"왜 그래? 뭐가 문젠데?"

현준이는 잠시 주저하다 말했다.

"그 누나는 나를 우습게 봐. 삼성전자 취직하겠다고 그랬더니 비웃더라고."

"우아! 삼성전자면 대박인데 왜? 그 누나 개웃긴다. 딴 여자들은 삼성전자 직원 못 잡아서 난린데."

"그러게 말이야. 내가 삼성전자 간다니까 웃더라고."


화계공원에서의 야외 수업 뒤로도 현준이는 진로에 대해 소연이와 이야기를 나눈 적이 있었다. 쉬는 시간에 김청강 작가가 화장실 간 사이에 현준이가 기회는 이때다 싶어 물어봤다.

"누나, 내가 삼성전자 간다는 게 우스워요?"

"우스운 건 아니고. 그냥 어이가 없었어."

"왜요?"

"너 삼성전자 가 봤니?"

"아뇨."

"거기 가면 돈 많이 준다 그러지?"

"네."

"그런데 그건 네가 확인한 거 아니잖아."

"그렇긴 한데……."

"남들이 그냥 삼성전자 가면 돈 많이 벌고 행복해진다니까 그 말 듣고 결정한 거잖아?"

"……."

"그럼 너는 앞으로 뭐든 남들이 하는 대로 따라 할 거야?"

"네?"

뜻밖의 질문이었다. 엄마 아빠는 물론이고 그 누구도 자신이 삼성전자에 취직하겠다고 했을 때 이의를 제기하지 않았는데 소연이는 생각지도 못한 걸 물었다.

"앞으로 애 낳는 것도 남들한테 물어봐서 낳을 거고, 밥 먹는 것도 뭐가 맛있고 좋은지 물어봐서 먹을 거고, 놀러 갈 때도 남들 가는 데 따라갈 거야?"

"그, 그건 아니지만."

"그렇지? 네 맘대로 할 거잖아. 근데 왜 가장 중요한 직업이나 인생은 남들이 하는 대로 하겠다 그래?"

"그, 그, 글쎄요."

할 말이 없었다. 그러고 보니 자기가 삼성전자에 가서 돈을 많이 벌겠다고 한 것은 수많은 대안 가운데 선택한 게 아니었다. 그저 어른들이 좋다 하고, 모든 사람이 선망하는 최고의 회사이기에 정한 것이었다. 가기 위해서 남들보다 공부를 잘하고 또 돈을 많이 버는 게 행복인 줄 알았던 것이다.

"그, 그럼 어떡해요?"

이런 반문은 자기가 졌다는 뜻이기도 했지만 어쩔 수 없었다.

"내가 아니? 네가 스스로 고민해야지. 내가 소설가 되겠다는 건 내가 결정한 거야. 부모님은 반대하셨어. 근데 나는 스스로 이것저것 아무리 따져 봐도 소설 쓸 때가 제일 행복했어. 그리고 제대로 된 작품을 써서 독자들을 감동시키고 깨닫게 하고 싶어. 그렇게 사람들이 많이 깨달아야 세상이 바뀌잖아. 김청강 선생님을 봐. 작품을 통해 사람들의 마음을 변하게 하고 장애인에 대해 관심을 갖게 하고, 세상이 조금씩 변하도록 이끌고 계시잖아. 나도 소설을 통해 사람들의 삶에, 인생에 깨달음을 주고 싶어. 돈 버는 것하곤 상관없어. 돈으로도 이건 살 수 없는 일이라고 난 생각해. 그래서 결정했어. 왜? 내 인생이니까."

큰 감동이 몰려왔다. 그런 올곧은 생각을 한다는 건 어쩌면 소연이가 어른들보다 생각이 더 깊다는 의미일 수도 있었다. 현준이가 소연이를 진심으로 좋아하게 된 건 그 대화를 나눈 뒤부터였는지도 모른다.

현준이의 이야기를 들은 민석이는 할 말을 잃었다. 그런 이야기는 처음 들었기 때문이다. 하지만 만화를 좋아하고 만화가를 꿈꾸는 종민이는 바로 이해했다.

"맞아, 맞아. 나도 만화가가 되고 싶은데, 왜냐하면 만화 그릴 때가 가장 행복하거든. 돈은 좀 못 벌어도 만화 그려서 사람들에게 즐거움을 주면 얼마나 좋겠냐. 또 성공하면 돈도 많이 벌 수 있고."

종민이가 알아듣게 설명하자 민석이도 말했다.

"하긴…… 나도 운동선수 되면 가장 행복할 것 같아. 비록 공부는 잘 못하지만, 나중에 꼭 훌륭한 운동선수가 될 거야. 이것도 내가 선택한 거지. 내가 제일 잘하니까."

그러고 보니 두 녀석 다 자신들이 잘하는 것에 대해 자부심이 있는 것 같았다. 기껏 고민을 털어놓은 현준이는 오히려 더 답을 찾기가 어려워진 것 같았다. 녀석들과 이야기를 나누면 해결책이 나올 줄 알았는데 막막하기는 마찬가지였다. 하지만 한편으론 후련하기도 했다. 자신의 마음속 고민을 털어놓을 수 있다는 점에서 친구란 참 소중한 존재였다. 점심시간이 끝날 무렵 교실로 돌아가면서 마음이 한결 편해졌음을 느꼈다.

"야, 나중에 너 정 못 견디겠으면 고백해 봐. 대시해 대시."

"야, 연상이 요즘 대세란다. 썸타느라 애쓴다. 키키키!"

5교시 수업을 알리는 종소리를 들으면서도 현준이는 머릿속에서 아른거리는 소연이 생각에 어찌해야 할지 알 수 없었다.

그날도 엄마가 레스토랑에서 음식을 하며 손님을 맞이할 동안 현준이와 아빠는 집에서 볶음밥을 해 먹었다. 설거지를 마친 현준이가 조심스럽게 아빠에게 말을 걸었다.

"아빠, 저 뭐 좀 물어봐도 돼요?"

김청강 작가한테 가서 공부를 하면서 변화가 있다면, 김청강 작가가 던져 주는 화두나 질문을 가지고 아빠하고 조금씩 이야기를 나누면서 대화가 늘었다는 점이다.

"뭘?"

아빠는 특용작물 재배법에 관한 책을 보다 고개를 들었다.

"혹시 꿈이나 직업을 바꿀 수도 있어요?"

아빠는 아들이 진지하게 물어보자 책갈피를 꽂고 책장을 덮었다.

"바꿀 수 있는 게 아니라 당연히 바뀔걸?"

"네?"

"아빠를 봐라. 아빠가 법대 나왔잖니. 그치만 아빠도 고등학교 때 꿈은 문학하는 거였거든. 근데 문학해 갖고는 먹고살기 힘들다고 너희 할머니가 반대하시는 바람에 법대를 가서 사법고시도 몇 번 봤지. 그러다 잘 안 돼서 아빠가 뭐 했니 그다음에는. 이것저것 하다가 회사 다니고 그러다 지금은 인테리어까지 흘러왔잖아. 이것도 언제 관둘지 모르지만."

현준이는 고개를 끄덕였다.

"인테리어를 하다가도 언제 또 회사에 취직할지 몰라. 지금 누가 월급만 조금 준다면 다시 회사로 들어갈까 생각 중이란다. 이렇게 사람의 직업이라든가 삶은 계속 변하는 거야. 그런데 왜? 너도 직업이나 꿈을 바꿔 보려고? 삼성전자 들어간다며? 공부 열심히 해서."

"아, 네, 그냥요. 근데 신문 봤더니 삼성전자 관두고 나오는 사람도 많다 그러고. 병 걸린 사람도 있다 그러고."

"하하하, 그렇지. 이 세상에 완벽한 꿈의 직장이란 없는 거야. 어딜 들어가든 거기도 경쟁이 있고, 적성에 맞을 수도 있고 안 맞을 수도 있고, 또 인간관계에 문제가 생겨 관둘 수도 있고. 인생은 계속 변화하는 거지. 그러니 모든 사람에게 다 맞는 좋은 직장이나 살아가는 데 왕도 같은 건 없는 법이야."

"그런 것 같아요."

"옛날에 아빠가 학교 다닐 때만 해도 직업을 바꾼다는 건 되게 위험하고 어려운 일이었어. 직업 하나 정해서 평생 사는 게 당연한 거라고 생각했단다. 근데 벌써 아빠가 어른이 되어서 몇십 년 살다 보니까 그런 생각이 다 바뀌었잖아. 지금은 다 인생의 2막을 살아야 한다는 둥, 은퇴한 뒤에도 뭔가를 해야 한다는 둥 그러고들 있어. 그리고 직업 연구하는 사람들 이야기 들어 보니까, 앞으로 100살 넘게 살아가려면 말이야, 직업도 열 개, 열다섯 개씩 가져야 한대."

"그, 그렇게나 많이요?"

"그럼. 젊어서 할 수 있는 일이랑 늙어서 할 수 있는 일이 다르지 않겠니? 인간은 일해야 먹고사는데."

"그런 것 같아요."

"그래. 그래서 나도 네가 삼성전자 간다고 했을 때 아무 말도 안 한 거란다. 그런 꿈은 언제든지 바뀔 수 있고, 뭐 네가 정말 원해서 가는 거라면 나쁘지도 않으니까. 하지만 지금이라도 또 네가 다시 다른 생각과 꿈을 찾는다면 아빠 찬성이야. 너희 엄마만 해도 봐라. 가정주부였다가 보험 설계사 하다가 지금은 또 레스토랑 사장 하잖아. 저러다가 또 어떻게 변할지 모르는 거야. 끊임없이 인간은 변화를 추구하고 그런 변화에 자신을 맞춰 가는 거지."

"알았어요, 아빠. 저도 고민을 좀 해 볼게요."

"그래. 녀석이 그래도 요즘 들어서 철든 소리도 하고 기특하네. 김청강 선생한테 배워서 그런가?"

"그런 건 아니고요. 그냥 생각이 좀 많아졌어요."

"알았다. 열심히 해. 아빠는 널 응원하니까."

아빠는 현준이의 머리를 한 번 쓰다듬어 준 뒤 텔레비전을 켜고 뉴스를 봤다. 방으로 들어온 현준이는 이 생각 저 생각을 하다가 소연이에게 메시지를 보냈다. 동시에 소연이에게 그동안 보냈던 카톡 메시지들을 쭉 훑어봤다.

> 누나, 뭐 해요?

하지만 답은 오지 않았다. 공부를 하고 있는 모양이었다. 책을 펴 놓고 한자시험 공부를 다시 하면서도 신경은 온통 휴대전화로 가 있었다. 이제나저제나 문자가 오기만 기다리고 있을 때였다. 드디어 문자가 왔다. 열어 보니 소연이가 아니라 종민이였다.

> 야, 축구하러 갈래?

시험이 멀지 않았지만 나가서 잠시 땀을 빼는 것도 나쁘지 않을 것 같았다.

> 당근이지. 10분 뒤에 운동장에서 보자.

운동장에서 현준이는 종민이 민석이와 함께 신 나게 공을 찼다. 이렇게 몸을 움직이며 공을 차다 보면 기분이 좋아졌다. 현준이는 어제 동영상에서 본 호날두의 플레이를 따라 하려다가 그만 공에 걸려 넘어지고 말았다. 그 모습에 다른 두 녀석이 낄낄대며 웃었다.

"야, 나 금방 들어가야 해."

"알았어, 우리도 들어갈 거야."

종민이가 대답했다.

30분 넘게 공을 찼지만 그사이 문자는 오지 않았다.

"야, 나 이제 가서 공부해야 돼."

"그래. 잘 가."

어느새 해가 길어져 이제야 어둠을 드리우고 있었다. 현준이가 거의 집에 다다랐을 때 마침내 소연이한테서 문자가 왔다.

나 이번 주 토요일 못 가.

왜?

작품 응모해야 하는 게 있어서
마지막으로 다듬으려고.
토요일이 마감이야.
선생님한테도 말씀드렸어.
너 혼자 공부 잘해.

　무척 섭섭했다. 토요일에 소연이를 만나 같이 공부하는 게
요즘 현준이의 가장 큰 기쁨이었는데 갑자기 소연이가 못
온다는 소식을 들으니 맥이 탁 풀리는 기분이었다.

　그 주 토요일, 이미 소연이의 연락을 받았는지 김청강 작
가의 책상 위에는 시험지가 한 장만 놓여 있었다.
　"어서 와라. 오늘 소연이는 못 온단 얘기 들었지?"
　소연이가 없는 빈자리가 이렇게 크게 느껴질 줄 몰랐다.
얼굴빛이 어두워지자 김청강 작가가 눈치를 채고 물었다.
　"왜, 누나 안 와서 섭섭하냐?"
　"아, 아, 아니에요."

"소설을 한 번 더 다듬어서 보낸다고 해서 내가 오지 말라고 했다. 다음 주에 올 텐데 뭘 그리 낙담하냐. 어서 시험이나 보자."

그날 한자시험에서 현준이는 10점 만점에 9점을 받았다. 김청강 작가는 기특했는지 현준이의 머리를 쓰다듬어 주었다.

"그래, 잘했다. 녀석, 이제 한자공부 좀 하는구나."

하지만 현준이는 내놓고 말할 수가 없었다. 소연이에게 지기 싫어서 열심히 공부했다는 사실을.

"가서 아이스크림이나 몇 개 사 와."

돈을 받아 아이스크림 서너 개를 산 현준이는 그중 한 개를 꺼내 먹으며 김청강 작가의 방으로 들어왔다. 비닐봉지에 담은 아이스크림을 내밀자 김청강 작가가 눈을 부라리며 말했다.

"너 이놈의 자식. 이거 어디서 배워 먹은 버르장머리야?"

"네? 왜, 왜요?"

현준이는 크게 당황했다. 뭘 잘못했는지 알 수가 없었다.

"아이스크림 누구 돈으로 샀어?"

"선생님 돈으로요. 여기 잔돈 있어요."

"선생님 돈으로 샀으면, 어른에게 먼저 드시라고 권하고 그런 다음에 허락을 받고 먹어야 하냐, 아니면 네 멋대로 먼저 까서 먹고 와야 하냐?"

순간 등골에서 식은땀이 흘렀다. 그런 건 한 번도 지적을 받아 본 적이 없었다. 엄마 아빠는 간식 심부름을 시키면 중간에 조금 먹고 와도 아무런 말을 하지 않았던 것이다. 하지만 김청강 작가의 말을 듣고 보니 자기가 잘못한 것 같았다.

"이 아이스크림 사 오라고 했지, 누가 중간에 먹으라고 허락했니? 사 오면 같이 먹자고 그랬잖아."

"죄, 죄송합니다."

"가져와서 선생님 사 왔습니다, 그러면서 선생님 하나 드리고, 그런 다음에 선생님이 너도 하나 먹어라, 하면 그때 먹어야 하는 거 아니냐?"

듣고 보니 그 말이 지당했다.

"죄, 죄송해요."

"앞으로 어른이 심부름 시키면 그런 거 조심해라. 네가 멋대로 권리를 행사하는 게 아니다. 너 남의 집 살 때 계약금 지불했다고 바로 그 집 들어가서 사니? 잔금을 다 지불하고 그 집 사람들이 집을 비워 줘야 비로소 살 수 있는 거야. 네가 한 행동은 집도 안 비워 줬는데 들어가 살겠다는 것하고 다를 게 없어. 심부름하는 놈이 어차피 날 줄 거니까 내가 먼저 먹어야지, 그런 생각이나 하고. 이런 버르장머리 없는 녀석 같으니라고!"

눈물이 찔끔 나오려고 했다. 무심히 했던 행동이 그렇게 예의 없는 행동인지는 미처 몰랐다.

"다음부터는 꼭 선생님 허락을 먼저 받아야 한다는 걸 잊지 마라!"

"네."

우울해서 고개를 푹 숙이고 있자 김청강 작가는 그제야 부드러운 투로 달래듯 말했다.

"어서 먹어. 다 너 잘되라고 야단치는 거다."

어른들은 항상 그런 소리를 했다.

진땀을 흘려서인지 아이스크림을 2개나 먹고서야 비로소 열이 가라앉는 듯했다. 기분도 좀 풀렸다.

"너 요즘 무슨 고민 있냐?"

가슴이 뜨끔했다. 어른들은 얼굴만 보고도 귀신같이 기분을 알아맞히는 재주가 있는 듯했다.

"네, 사실은……."

소연이를 짝사랑한다고 말할 순 없었다. 또 다른 고민을 이야기하는 수밖에 없었다.

"제가 뭘 잘하는지 잘 모르겠어요."

"왜? 삼성전자 간다면서?"

"그런데 사람들이 비웃잖아요. 선생님도 웃으셨고 소연이 누나도 웃었고."

"하하하, 그게 나빠서가 아니야. 너한테 정말 맞는 건지 생각해 보지 않았고, 네가 스스로 선택한 게 아니라는 걸 알기 때문이지. 남들이 좋다는 거 따라 한 것뿐이잖아. 네 생각은 없이."

"그건 그래요. 하지만 제 적성이 뭔지 모르겠어요. 적성검사 해 봤더니 뭐 이과가 맞는다고 나오긴 하는데요. 삼성전자가 제 직업으로 맞는 건진 잘 모르겠어요."

"녀석아, 적성이란 게 어디 있어? 적성은 그냥 참고사항일 뿐이야."

"네?"

"학교에서 적성검사 해 봤다고 했지? 뭐라고 나와?"

"직업들이 죽 있는데요, 점수를 매겨 가지고 하더라고요. 저는 엔지니어 이런 게 나왔어요. 그래서 저는 삼성전자 가면 되겠다 생각해서……."

"적성검사라는 건 말이야, 직업군을 소개하고 진로를 안내해 주는 것뿐이야. 비교적 능력이 있는 쪽을 보여 주는 거지 그대로 하라는 게 아니야. 그걸 보고 그대로 진로를 결정하면 큰 문제야."

"왜요?"

"그건 사람 뽑는 기준이 아니라, 원래 이런 직업에는 이런 성격이 필요하다, 그런 걸 가지고 정해 놓은 거기 때문에 현실적으로 안 맞는 게 많아. 그리고 봐라, 거기 직업 몇 개나 나와? 몇십 개밖에 안 나오잖아."

"네."

"지금 세상에 직업이 몇 개냐? 10만 개라는 사람도 있고 100만 개라는 사람도 있어. 그리고 한 사람이 직업을 한 개만 갖는 것도 아니고. 날 봐라. 나만 해도 직업이 몇 개냐?"

그 말에 현준이는 김청강 작가의 직업을 생각해 보았다. 등단해서 소설을 썼으니 소설가이고, 동화를 쓰니 동화작가이고, 연극 대본을 썼으니 대본작가이고, 때로는 대학교에 강의를 나가니 대학교 강사이고, 대중 강연을 하니 강연가이기도 했다. 뿐만 아니라 출판사에서 원고를 봐 달라고 하는 출판 자문위원이기도 하고 때로는 문학상이나 콘테스트 심사위원이기도 했다. 그뿐만이 아니었다. 가끔은 광고 카피나 신문사 칼럼을 쓰기도 했다.

"정말 선생님 직업이 몇 개인지 알 수가 없네요."

"그렇지? 그런데 어떻게 적성만 가지고 따지겠니? 이렇게 수많은 직업을 동시에 조금씩 가지는 사람도 있고, 하나만 평생 하는 사람도 있고. 다 다른 거야. 옛날에 만든 그 적성 검사 틀에 사로잡혀 생각할 필요는 없어."

"그럼 어떻게 해야 해요?"

"글쎄, 선생님이 생각할 때는 말이다. 직업을 통해서 행복을 느끼는 방법은…… 네가 좋아하는 일을 직업으로 갖는 거야."

"네?"

"네가 좋아하는 일 할 때 어떠냐? 넌 뭘 좋아해?"

"저, 저요? 운동이랑 수학 문제 푸는 거…… 그런 거요."

"그렇지? 넌 그런 좋아하는 일을 오래 하면 싫증이 안 나지?"

"마, 맞아요."

"좋아하는 일을 직업으로 삼으면 어떨까? 오래 할 수 있겠지, 그리고 잘할 수 있지 않을까?"

"네."

교과서에 나오는 내용 같았지만 김청강 작가의 입을 통해 들으면 생생하게 와 닿았다. 사람은 자기가 좋아하는 일을 할 때 삶의 보람을 느끼는 건 분명했다. 그러면 능률도 오르고 성공할 가능성도 커진다. 더 멀리 내다보고 흥미를 위주로 직업을 찾는다면 가치관과도 일치해야 한다.

"그런데 말이다."

김청강 작가가 말을 이었다.

"사람의 흥미라는 건 금방 변해. 너 축구하다가 싫증나면 또 야구로 옮겨 가잖아. 그러니까 중요한 건 가치관인데, 가치관도 또 변하기는 해. 능력은 어떨까?"

"능력도 변하지 않을까요?"

"그렇지. 아무것도 안 하고 놀던 놈도 어느 날 정신 차려서 노력하면 좋은 결과를 낼 수 있고, 잘하던 사람도 잠시 나태해지면 도태되는 것과 마찬가지지. 문학 작품에 보면 그런 게 엄청나게 많이 나온단다. 《몬테크리스토 백작》은, 뱃사람에 불과했던 에드몽 당테스가 나중에 훌륭한 귀족인 몬테크리스토 백작이 되는 이야기야. 백작이 되기 위해 열심히 노력을 한 거야. 그리고 나중에는 원수를 다 갚잖아. 뱃사람에 머물렀으면 원수도 갚지 못하고 무식한 상태로 끝났겠지만, 노력을 하고, 또 원수 갚는 것을 자기의 가치관과 목표로 삼았으니 결국 꿈을 이룬 거야. 뱃사람 당테스가 귀족이 될 수 있듯이, 네가 원하는 게 무엇이든지 간에 변할 수 있는 거란다. 적성검사 한 번 하거나 주위 사람들이 이렇다고 얘기해서 그걸 따라갈 필요는 없어. 시대도 변하고 사회도 변하잖니. 너도 변할 수 있고. 한마디로 말이다, 현준아, 이 세상 모든 건 변하는 거야. 심지어는 사랑도……."

사랑이란 말에 현준이는 가슴이 철렁했다. 잊고 있던 소연이가 다시 떠올랐기 때문이다. 김청강 작가는 그런 현준이의 마음을 아는지 모르는지 무심한 얼굴로 말했다.

"현준아, 네가 여러 가지를 좋아하고 다양한 분야에 흥미를 갖는 건 아주 좋은 거야. 그 다양한 것들이 나중에 네가 직업을 정하거나 꿈을 찾는 데 다 도움을 준단다. 왜 그런지 아니?"

"왜 그럴까요?"

"세상 모든 것에는 다 이유가 있기 때문이야. 지금은 납득할 수 없어도, 나중에 내가 왜 그런 일을 했는지, 왜 그때 그런 경험이 필요했는지 알게 된단다. 그게 우주의 섭리야. 나중에 기회가 되면 그런 이야기를 해 주마."

"그렇군요……."

"진로를 정하기 위해서는 어느 직장, 어느 학과, 어느 과목 이런 게 중요한 게 아니야. 가능성과 다양성을 크게 열어 놓고 여러 가지에 관심을 갖는 게 중요하단다. 대학도 이제는 전공 하나만 가지곤 안 돼. 다양한 전공을 복수로 하는 경우가 대부분이야. 그리고 요즘 대학 다니는 학생들을 보면 예전에 내가 학교 다니던 시절에 비해 두세 배는 더 열심히 공부하는 것 같아. 그게 뭘 얘기하는가 하면, 그만큼 요즘은 지식도 많이 필요하고 노력도 많이 해야 한다는 의미란다. 세상이 변했다는 얘기지. 그러니까 열린 마음으로 차근차근 찾아보도록 해. 네가 나한테 와서 공부하는 것도, 너의 다양한 가능성과 관심을 넓혀 달라고 너희 어머니가 요청해서 그런 거야. 자 봐라, 어머니한테서 온 문자다."

김청강 작가는 휴대전화를 꺼내 엄마한테 받은 메시지를 보여 주었다.

청강 선생님.

어리석은 우리 아들을 맡아서

고생이 많으세요.^^

부디 우리 아들이 폭넓은

시야를 가진

비전 있는 인간이 되도록

잘 지도해 주시기 바랍니다.

늘 감사드리고

언제 한번 꼭 레스토랑에 들르세요.

맛있는 식사 대접할게요.

문자에서 아들을 생각하는 엄마의 간절한 마음이 느껴졌다. 순간 자신을 관리하고 감독하는 사람이라고만 생각했던 엄마의 또 다른 면을 본 것 같아 현준이는 가슴이 먹먹해졌다.

"어때, 너희 엄마가 이런 문자 보내니까 감동이지? 엄마들은 다 그런 거야. 자식들을 감시하고 야단치고 혼내는 것도 사랑하기 때문이야. 그걸 오해할 필요는 없단다."

"그렇군요."

"오늘 너랑 진지한 대화를 나누니 참 좋구나. 네가 그래도 빠르게 변하고 있어서 기쁘다."

수업을 마치자 현준이는 생각났다는 듯이 말했다.

"선생님, 그 자전거 이야기는 어떻게 되었어요?"

"너 참, 자전거 이야기 다 못 들었지?"

"아, 친구들이 자전거 이야기 좀 끝까지 듣고 오래요."

"그래? 그 이야기를 마저 해 주도록 하지."

김청강 작가는 입을 열었다.

그날 저녁 현준이는 초등학교 운동장에서 단짝들과 다시 만났다. 오늘은 모처럼 야구를 하기 위해서였다. 하나는 타자, 하나는 투수, 하나는 포수 역할이었다. 서로 번갈아 공을 던지고 치고 받고 하며 한참을 뛰었다. 그렇게 정신없이 놀다가 운동장 한쪽에 있는 수돗가에서 얼굴과 손을 씻은 뒤, 세 아이는 둘러앉았다.

"너 오늘도 김청강 선생한테 갔다 왔어?"

"응."

"짝사랑한다는 누나는 왔어?"

"안 왔어, 오늘은 소설 마감해야 한다고."

"와, 소설 써, 여고생이? 대박. 잘 쓴대?"

"상도 몇 번 탔대."

"헐, 상금도 있을 텐데!"

"오십만 원, 백만 원 그렇대."

"배, 배, 백만 원? 짱짱걸이다!"

"그나저나 안 와서 섭섭했겠구만."

종민이가 말했다.

"괜찮아. 다음 주에 올 텐데 뭐."

"짜아식."

녀석들은 빙글빙글 웃었다.

"다음 주에는 우리도 그 누나 얼굴 좀 봤으면 좋겠다."

"야, 안 돼! 그러지 마!"

현준이의 얼굴이 빨개지는 걸 보며 종민이와 민석이는 약을 올렸다.

"야, 야, 안 가, 안 가. 우리도 바쁘거든? 시험공부 해야 돼. 중간고사 다가오잖아."

"하긴…… 참, 김청강 선생이 자전거 이야기 다 해 줬어."

"아, 그래? 빨리 뒷이야기 들려줘."

"석환이라는 친구가 자전거를 태워 줬다 그랬잖아……."


석환은 아침마다 청강의 집에 와서 자전거로 그를 학교까지 태워 주었다. 그러던 어느 금요일 오후, 수업이 끝난 뒤 3층 교실에서 석환은 청강을 업었다.

"자, 업혀."

"응."

청강을 등에 업은 석환은 계단을 다 내려가 1층에서 청강을 내려 주었다. 목발을 짚은 청강은 석환과 함께 자전거를 세워 둔 곳으로 걸어가며 이야기를 나누었다.

"야, 오늘 우리 담임 왕수 선생, 아휴…… 아까 정말 대단하더라."

왕수 선생은 땡땡이치고 도망쳤던 녀석들을 붙잡아다가 귀싸대기를 날렸다. 180이 넘는 커다란 키에 솥뚜껑만 한 손으로 후려갈기니 거기에 맞은 학생들은 저만치 나뒹굴었다. 순한 줄만 알았던 담임선생이 무섭다는 것을 청강은 그때 비로소 알았다.

"이야, 왕수 선생한테 걸리면 죽을 것 같더라."

"조심해야 돼. 왕수. 손이 왕 크다는 뜻 아니겠냐?"

"하하하하, 맞아 맞아."

둘은 웃으며 자전거를 세워 놓은 곳으로 갔다. 수백 대의 자전거 사이에서 아이들은 자기 자전거를 스스로 찾아서 타고 가곤 했다. 그때였다. 석환의 얼굴이 하얗게 질렸다.

"어? 내 자전거 어디 갔지?"

"왜?"

"여기다 분명히 묶어 놨는데……."

석환의 자전거가 없어진 거였다.

"야, 잘 찾아봐. 이쪽 맞아? 여기저기 아무 데나 묶어 놓잖아, 너."

"아니야. 내 삼천리 자전거……."

둘은 수백 대의 자전거를 하나하나 훑었다. 그사이에도 아이들이 자기들 자전거를 꺼내 타고 갔다. 그래서 자전거를 다 훑었을 땐 자전거가 몇 대 남아 있지 않았다.

"잃어버렸구나."

"어떡하지? 엄마가 사 주신 지 얼마 안 된 건데. 아이 씨."

앞길이 캄캄해진 건 오히려 청강이었다. 집까지 목발을 짚고 걸어가려면 20분은 걸린다. 체력 소모가 이만저만이 아니었다. 목발을 짚고 걷는다는 것은 결코 쉬운 일이 아니었다.

"야, 어쩜 좋냐."

"할 수 없지 뭐. 집에 가야지."

풀이 죽은 석환이 청강과 자신의 가방을 들고 걸었다. 청강은 목발을 짚고 상체의 힘만으로 걸어야 했기에 한눈에도 걷는 게 힘겨워 보였다. 청강은 자신이 자전거를 잃어버린 게 아닌데도 미안한 마음에 자꾸만 고개를 돌려 석환의 눈치를 살폈다.

"청강아 어떡하냐. 자전거 없어져서 이제 너 못 태워 줄 텐데."

"괜찮아. 동생한테 가방 들어다 달라 그러면 돼. 넌 그냥 걸어와."

"그래도 되겠냐?"

"응. 다시 걸어 다니지 뭐."

석환과 같은 반이 되기 전에도 청강은 목발을 짚고 걸어서 학교에 다녔다. 하지만 석환이 자전거를 태워 주면서부터는 편리하게 등하교를 할 수 있었다. 이제 다시 옛날의 목발 신세로 돌아간 거였다.

"엄마한테 또 자전거 사 달라 그러면 안 되니?"

"이 자전거도 예전에 한 대 잃어버려서 또 사 주신 거란 말이야. 아 진짜 미치겠네. 어떤 새끼야? 정말. 그 새끼 가다가 콱 뒈져라 씨."

석환은 화가 났는지 허공에 대고 아무한테나 욕을 했다. 하지만 그런다고 잃어버린 자전거가 돌아올 리는 없었다. 선생님들은 항상 자전거를 잃어버리지 않도록 주의하라고 했다. 그렇지만 이렇게 잃어버리게 되면 그것은 오로지 학생들 책임이었다.

석환을 집으로 돌려보낸 뒤 청강은 마루에 걸터앉아 오래도록 잃어버린 자전거 생각을 했다. 그러나 새로 살 수 있을 것 같진 않았다. 고등학생 용돈으로 살 수 있을 만큼 자전거가 싼 물건이 아니었기 때문이다. 다음 날부터 꼼짝없이 걸어 다닐 수밖에 없는 운명이었다.

"야, 그렇게 되면 김청강 선생은 자전거 타고 다니다가 결국 걸어 다녔다는 거야?"

현준이의 이야기가 끝나자 종민이가 물었다.

"응. 그때 해 주신 말씀이 뭐냐 하면, 이 세상의 만물은 변하기 때문에 하나도 믿을 게 없다는 거야. 친구가 오래도록 자전거를 태워 줄 것 같았지만 자전거가 없어져 버려서 그러지 못한 것처럼."

김청강 작가는 세상이 변하기 때문에 꿈과 희망도 변한다는 것을 알려 주기 위해 자신의 자전거 이야기를 해 주었던 것이다. 그러면서 마지막으로 자신의 어깨 근육을 보여 주기까지 했다.

"자, 이 팔 근육은 그때 걸어 다니면서 만들어진 거야. 고난을 딛고 아픔을 이겨 내며 노력을 하면 얻는 것도 분명히 있는 법이지."

"무지 힘드셨겠다."

민석이가 고개를 끄덕였다. 그러자 종민이가 물었다.

"야, 그런데 요즘은 휠체어 타고 다니신다며?"

"으응. 목발은 삼십 대 중반까지 짚으셨대."

"지금은 왜 목발을 짚지 않냐? 목발 짚으면 걸어 다니니까 더 편할 수도 있는데."

"다리를 못 쓰고 상체로만 짚다 보니 어깨랑 팔꿈치가 다 망가지셨대."

"정말?"

"관절 연골이 다 사라져서 더 이상 목발을 짚을 수가 없어서 휠체어로 옮겨 타신 거야."

"와아, 그렇구나. 장애인들은 정말 안됐다."

"근데 그 휠체어도 지금은 수동 휠체어지만 나중에 힘이 더 떨어지면 전동으로 바꾸셔야 한대."

"전동으로?"

"응. 장애인은 몸이 더 나빠지면 나빠졌지 좋아지지 않기 때문이래. 그리고 전동도 타시다가 더 힘들면 나중에는 침대형 휠체어를 타실 거래."

그 이야기 끝에 세 아이는 갑자기 우울해졌다. 김청강 작가의 작품을 재밌게 읽긴 했지만, 그 작품을 쓰기 위해 작가가 얼마나 어려운 삶을 살고 있는지는 처음으로 구체적이고 직접적으로 접했기 때문이다.

집에 돌아온 현준이는 문 밖에서부터 들려오는 시끄러운 고함 소리를 들었다. 엄마가 레스토랑 문을 일찍 닫고 와서 아빠와 대판 싸우고 있었다.

"집안 꼴이 이게 뭐야? 책임지고 해 준다면서?"

"업자가 계약 건수가 있다고 해서 나갔다 오느라고 설거

제5장 짝사랑  139

지 좀 못 했을 뿐이야. 그거 가지고 왜 그러는 거야?"

"나도 지금 레스토랑에서 실컷 설거지하다 왔거든? 당신도 집구석에 설거지할 거리가 있으면 어떻겠어? 사람이 기분이 좋겠어? 응?"

"아니, 내가 글쎄 놀면서 안 한 게 아니잖아! 지금 상계동 쪽에 아파트 인테리어 같이 하자고 하는 사람이 있어서, 나가서 견적서 내고 오느라고 늦은 거야! 안 그래도 설거지하려고 했다고!"

"하려고 하면 뭐해! 결국 내가 다 했잖아! 그리고 싱크대 뒤에 보니까 다 거미줄이야. 곰팡이에! 이래 가지곤 내가 어떻게 밖에 나가서 맘 편히 돈을 벌 수 있겠냐고!"

"엄마 아빠, 왜 그러세요? 그만하세요!"

현준이가 온 것도 모르고 부부싸움을 하고 있는 두 사람에게 현준이가 끼어들었다.

"아니, 그럼 내가 집에서 놀기만 했어? 당신이 돈 벌어 온다고 쏘다니니까 내가 집안 살림 한다고 한 거잖아! 어떻게 완벽하길 바라? 당신도 한번 인테리어 해 볼래?"

"참 나, 그게 나하고 무슨 상관이냐고!"

엄마와 아빠는 서로 잘못이 없다고 언성을 높였다. 아무리 말려도 소용이 없었다. 결국 그날 집안 분위기는 완전히 가라앉고 말았다. 엄마는 분명히 그날 레스토랑에서 뭔가 기분 나쁜 일이 있었을 것이다. 그 일 때문에 그동안 쌓여 있던 앙금이 들끓고 올라오면서 분출 대상을 찾다가 아빠한테 터뜨린 게 분명했다. 과거에도 부부싸움을 했을 때 아빠는 현준이에게 말했다.

"현준아, 낙타의 등을 부러뜨리는 건, 산더미처럼 쌓인 짐이 아니라, 그 위에 얹힌 낙엽 하나야. 너희 엄마가 화를 내는 건 내가 잘못한 이유 하나 때문이 아니라, 그동안 쌓여왔던 것들이 많은데 지금 작은 이유 하나 때문에 그것이 폭발했을 뿐이란다."

현준이는 그 뒤로 알게 되었다. 부부싸움은 두 분 사이에 쌓여 있던 불만이 어느 시점이 되어 아주 작은 계기에 의해 터져서 드러나는 것뿐이라는 사실을. 하지만 부부의 냉전은 집안 분위기를 암울하게 만드는 놀라운 효과가 있었다. 방에 들어앉아 문을 걸어 잠근 현준이는 컴퓨터를 켜 잉글리시 프리미어리그와 메이저리그 일정을 체크했다. 마침 내일은 일요일이라 아침에는 메이저리그 경기를, 점심에는 프로야구 경기를, 저녁에는 프리미어리그 경기를 생중계했다. 스포츠광인 현준이에겐 그야말로 환상의 중계 일정이었다. 맨체스터 유나이티드와 리버풀의 '레즈 더비'와 류현진 선수의 선발 등판 경기가 가장 눈에 띄었다. 시간을 보낼 확실한 경기가 2개나 있었던 것이다. 그런 식으로 스포츠 중계를 보고 선수들의 경기 소식, 이적 소식 등을 훑으며 현준이는 집 안에서의 우울함을 잊으려고 노력했다.

일주일 뒤 토요일, 드디어 소연이가 나타났다. 얼굴이 조금 밝아져 있었다.

"선생님, 저 왔어요."

예의 바르게 인사하자 김청강 작가가 반갑게 맞이했다.

"그래, 소설은 잘 썼니?"

"예, 잘 제출했어요."

"발표는?"

"한 달 뒤예요."

"그래, 작품이 좋으니 뽑힐 거다."

"감사합니다."

"그리고 너 한국현대소설선 보고 싶다 그랬지? 자, 이거 선물로 줄 테니까, 가지고 가."

한쪽에 묶어 놓은 소설집 30권이 보였다. 김청강 작가가 제자인 소연이에게 주는 선물이었다.

"와, 정말 고맙습니다, 선생님!"

소연이는 감동한 눈치였다. 소연이가 진심으로 기뻐하는 표정을 보자 현준이도 어쩐지 기분이 좋아지는 것 같았다. 그런 현준이를 향해 김청강 작가는 의미심장하게 씩 웃어 보였다.

하지만 소연이는 저 많은 책을 어떻게 들고 갈지 고민하는 것 같았다.

"택시 타고 갈게요."

그러자 김청강 작가가 말했다.

"그럴 필요 뭐 있니? 현준아, 네가 이따가 자전거 뒤에다가 이거 실어다 누나 집까지 좀 갖다 줘라."

"네? 네."

불감청이언정고소원(감히 청하지는 못하지만 간절히 바라는 일)이었다. 소연이는 아무래도 좋다는 표정이었다. 2시간 뒤면 소연이와 단둘이 걸을 수 있다는 생각에 현준이는 가슴이 쿵쾅거렸다. 그날 한자시험에서 현준이는 여봐란 듯이 10점 만점을 받았다. 오히려 소연이가 하나를 틀렸다. 현준이는 으쓱한 표정으로 소연이를 바라보았다. 나 이런 남자야, 하는 시선이었지만 소연이는 눈길조차 주지 않고 틀린 글자를 여러 번 써 보고 있었다.

"자, 그러면 지난번에 써 오라고 했던 글 좀 보자."

김청강 작가는 두 아이의 글과 일기를 첨삭하며 수업을 시작했다. 2시간이 어떻게 흘러갔는지 모를 정도로 현준이는 소연이와 단둘이 있을 생각에 흥분해 있었다. 이윽고 다음 주 숙제를 받아서 인사를 하고 현준이는 책을 들고 낑낑대며 내려왔다. 그러고는 자전거 뒤 짐받이에 책 30권을 얹어

단단히 묶었다. 소연이의 집은 버스를 타기엔 너무 가까웠고 걸어가기엔 조금 먼 벽산아파트였다. 자전거를 슬슬 끌고 가면 20분이면 갈 거리였다. 소연이가 살짝 앞장서고 현준이가 뒤따라가며 둘은 이야기를 나누었다.

"누나, 소설은 무슨 내용이에요?"

"응, 저번에 우리 학교에서 왕따 여자애 하나가 자살했거든."

"네? 정말요?"

"그래서 그 이야기를 소설로 써 봤어."

"누가 괴롭혔나요? 학교 폭력이었죠?"

"그렇게 단순한 문제는 아니야. 내가 친구들한테 이야기를 들어 보고 취재도 좀 해 봤는데, 복합적인 문제였어. 우울증이 심한 아이였대. 똑똑하고 공부도 잘하는 애였는데, 알고 보니 그게 친구들 사이에서 인정받기 위해 목숨 걸고 달려든 거였대. 친구 관계가 망가지면서 그렇게 된 거라더라고. 게다가 집안에도 어려움이 닥쳤다지 뭐야. 그렇게 문제가 복합된 상태였는데, 어느 날 한 친구가 그랬대. 너 왜 이리 못생겼니? 라고. 이 한마디에 뛰어내려 버렸어."

"그, 그, 그러면 그건 낙타가……."

"낙타?"

현준이는 아빠에게 들은 이야기를 했다.

"사람들이 저렇게 폭발하는 건요. 낙타가 짐을 산더미처럼 쌓았지만 그것 땜에 뼈가 부러지는 것이 아니라 나뭇잎 하나 때문에 부러지는 거랑 같대요."

"그래? 누가 그런 말을 하데?"

"우리 아빠가요. 엄마하고 아빠가 싸우더니 아빠가 그렇게 해서……."

"야, 이거 멋진 말이다. 잠시만."

소연이는 수첩을 꺼내 그 말을 메모했다.

"정말 좋은 표현이야. 아, 내가 이 표현을 소설에 썼어야 했는데. 맞아, 자살한 애도 실은 이런저런 것들이 쌓여서 뛰어내린 거야. 그런데 사람들은 못생겼다고 말한 애만 못살게 굴고 있어. 걔는 농담처럼 말한 건데. 걔까지 지금 우울증 걸릴 판이야."

"그랬군요……. 재수 없게 떨어진 낙엽과 마찬가지네요."

"맞아. 그 애도 참 안됐어. 너 그나저나 제법이다? 그런 말도 할 줄 알고. 나한테 그런 멋진 말을 알려 줘서 고마워."

끙끙대며 자전거를 끌던 현준이를 보며 소연이가 말했다.

"내가 아이스크림 하나 사 줄게."

꿈인가 생시인가 싶었다. 소연이한테서 아이스크림을 얻어먹다니. 편의점 앞에 자전거를 세우고 두 아이는 아이스크림콘을 사서 하나씩 들고 이야기를 나누었다.

"누나는 문창과에 갈 거예요?"

"응, 국문과나 문창과를 갈 건데, 선생님은 굳이 그런 과에 안 가도 소설을 쓸 수 있다서."

"왜요?"

"꼭 그런 전공을 직접적으로 하지 않아도 된대. 사학이나 철학이나 심리학 등도 괜찮다고 하시더라고. 그래서 지금 이것저것 생각 중이야. 작가가 되어서도 소설을 못 쓰게 되면 나도 선생님처럼 다양한 분야의 글쓰기에 도전할 거야. 어느 게 나한테 소질이 있는진 아직 모르지만."

"그래요?"

"아직은 그렇지. 어쩌면 나중에 게임 시나리오를 쓸 수 있을지도 모르고. 그때는 네가 좀 도와주렴."

"아, 네!"

현준이는 자신이 소연이에게 보탬이 될 수도 있다는 생각에 속으로 환호했다.

"기자가 될 수도 있겠다. 스포츠 기자가 될 수도 있겠고."

이야기를 들을수록 소연이는 정말 멋있었다.

아이스크림을 다 먹고 소연이의 집 앞에 다다르자 설렌 가슴을 안고 현준이는 망설였다. 좋아한다고 고백을 하라고 친구 녀석들은 말했다. 그러나 까딱 잘못했다가는 괜히 분위기를 깰 것 같기도 했다.

"저기 있는 123동이야. 밑에까지만 가져다주면 경비 아저씨가 위에다가 올려 주실 거야. 수고 많이 했어."

"아, 아녜요. 수고는 무슨……."

책을 내려놓고 돌아서자 소연이가 인사를 했다.

"잘 가, 고마워!"

그 순간 현준이는 무슨 말이라도 해야겠다는 생각이 들어 불쑥 소연이에게 다가갔다.

"저, 누, 누나……."

이대로 돌아서면 다시 말할 기회가 없을 것 같았다.

"왜?"

"누, 누나한테 할 말이 있어요."

"뭔데? 여기서 말해."

"누나…… 저, 저……."

자신도 모르게 말을 더듬거렸다.

"뭔데?"

"저, 저, 저랑 사귀면 안 돼요?"

용기를 낸다는 것이 그만 큰 소리를 내고 말았다. 보는 눈이 많은 아파트 단지 안에서 자기도 모르게 큰 소리로 말해 버린 현준이는 아차 싶었다. 현준이는 얼굴이 빨갛게 물드는 소연이를 보았다.

"어머, 너 미쳤니? 빨리 가!"

소연이의 얼굴 표정이 금세 싸늘해졌다. 30권이나 되는 책을 혼자 낑낑대며 들고 아파트 로비로 들어가 버렸다. 그 순간 현준이의 머릿속에서는 천둥소리가 울려 퍼졌다. 모든 것을 깨부수는 천둥소리, 바로 그 소리였다.

제 6 장

## 아픈 만큼 성숙해지고

　휴대전화를 껐다. 토요일 이 시간, 평소대로라면 현
준이는 김청강 작가의 작업실에 가 있어야 했다. 하지만 지
난주에 이어 이번 주에도 빠졌다. 지난 토요일엔 몸이 아프
다고 핑계를 댔다. 실제로 몸이, 아니 마음이 아팠다. 소연
이에게 사귀자고 했다가 보기 좋게 걷어차인 현준이는 그날
밤 내내 끙끙 앓았다. 걷어차이는 게 어떤 건지를 비로소 알
았다. 소연이를 어떻게 다시 봐야 할지를 몰랐다.

　'괜히 사귀자고 말했어. 그냥 친한 누나 동생으로 지내자
고 말했으면 좋았을 것을.'

　멍청한 자기 자신의 머리를 치면서 현준이는 후회했다. 사
랑을 고백하는 것이 이렇게 무모한 결과를 빚어낼지 미처

몰랐다.

　그 뒤로 학교에 가도 학원에 가도 수시로 소연이에게 딱지 맞던 그 상황이 머릿속에 떠올랐다. 낑낑대며 책 30권을 들고 아파트 로비로 들어가던 소연이의 마지막 뒷모습. 그것은 진정 아픔이고 상처였다. 누구에게도 말하지 못하고 현준이는 괴로워해야만 했다. 봄바람처럼 불어오는 현준이의 첫 사랑앓이였다.

　잊으려고 안 해 본 짓이 없었다. 제일 먼저 공부에 매달렸다. 그러나 아무리 공부하려고 해도 집중이 되지 않았다. 기다렸다는 듯 자꾸만 소연이 생각이 떠올라 발목을 잡았다. 소연이 생각을 떨쳐내기 위한 방법은 좋아하는 스포츠 경기를 보는 것뿐이었다. 새벽에 중계해 주는 유럽 축구 경기를 보았다.

　오늘도 여전히 호날두는 종횡무진 그라운드를 누볐고, 레알 마드리드는 상대 팀과 치열한 공방전을 벌이고 있었다. 그러나 중계방송 도중에 언뜻언뜻 비춰 주는 응원석의 아름다운 여인들을 볼 때마다 다시 소연이 생각이 떠올랐다. 축구도 옛날하고는 달리 보였다. 평소였다면 오늘따라 영 좋지 않은 레알 마드리드의 경기력을 보며 이런저런 훈수를 뒀을 것이다. 호날두 이외엔 수비도 공격도 영 안 풀렸기 때문이다.

하지만 오늘은 도저히 그럴 정신이 없었다. 이런 일이 생길 줄은 정말 몰랐다. 축구와 야구는 현준이에게 정말 최후의 보루였고 희망이었다. 열심히 뛰는 건장한 남자들을 보면 그들이 곧 자신의 모습 같았고, 경기장 위에서 한껏 즐거워하는 사나이들의 투쟁 본능이 느껴져 자기도 모르게 피가 끓었다. 이는 콜로세움에서 죽기 살기로 싸우는 검투사들을 응원하는 로마 시민의 감정과도 비슷한 것이었다.

이젠 그 모든 게 물거품처럼 사라졌다. 물을 마셔도 마시는 것 같지 않았고 학교를 다녀도 공부가 되지 않았다. 모든 것에서 겉돌고 있었다. 괴로웠다. 학교에서도, 학원에서도 항상 쟁쟁거리며 소연이의 마지막 말이 떠돌았다.

어머, 너 미쳤니? 빨리 가!

그 생각만 하면 얼굴이 화끈거렸다. 차라리 미치는 게 나을 것 같았다. 단짝 친구들이 그런 현준이의 상태를 가장 먼저 눈치챘다.

"너, 무슨 일 있냐?"

"야, 말해 봐. 왜 그래? 병든 닭같이."

종민이와 민석이가 걱정된다는 듯이 물었다.

"아무것도 아냐."

"너 그 소연이라는 여학생한테 차인 거 아니냐?"

종민이는 또 만화 같은 상상력을 발휘하는 것 같았다.

"야, 그, 그런 거 아니야."

말하는 순간 욱하며 뜨거운 것이 올라왔다.

"아니긴 자식아. 차였구만. 딱 보니까. 어떻게 했냐, 어떻게 했어? 말해 봐. 형님한테 말해 보라고."

온라인 만화 커뮤니티에 가입해 있는 종민이는 커뮤니티 정모를 통해 여자 친구도 몇 번 사귄 경험이 있었다.

"내가 상담해 주지."

현준이는 할 수 없이 그동안 있었던 일을 이야기했다.

"그래애? 그렇게 친했단 말이야? 낄낄낄낄……."

이야기를 다 듣고 종민이가 옆에서 낄낄거렸다. 그러자 민석이도 같이 웃는 거였다.

"야, 네가 좀 박력 있게 대시했어야 하는 거 아니야?"

민석이가 말했다.

"야, 야, 그런 여자한텐 박력이 안 통해. 책 읽고 글 쓰는 거 좋아하는 여자한테 무슨 박력이야. 네가 잘못한 거야."

종민이가 한 수 가르쳐 주겠다는 투로 말했다.

"뭐가?"

현준이는 억울했다. 무엇을 잘못했단 말인가.

"섬세하게 다뤘어야지. 너무 성급했잖아. 가랑비에 옷 젖

듯이. 매일 책도 같이 읽고, 대화도 나누고 하면서 자연스레 친해져야 하는 건데 너는 그냥 바로 들이댄 거 아냐."

"야, 니들이 대시하라며!"

"야, 아무리 그래도 꼭 그렇게 막 내놓고 사귀자고 그러면 어떤 여자가 좋아하겠냐? 서서히, 가랑비에 옷 젖듯이, 잊지 마."

종민이의 말에도 일리가 있는 것 같았다.

"그래서? 토요일 수업은 갔어?"

"도저히 그 누나 얼굴을 볼 수가 없어서 못 갔어."

"그래? 엄마가 난리 쳤을 거 아냐?"

"아프다 그랬지."

"그랬구만. 야, 이 형님이 여자 사귀는 법을 알려 줄게."

종민이는 자기가 그동안 보았던 성인만화의 연애하는 장면 등을 설명해 가며 이야기했다.

"여자하고는 말이야, 제일 먼저 시간을 공유해야 돼."

"시간 공유?"

"그럼. 같이 있는 시간이 많아야 해. 그래야 정이 드는 거라고. 내가 만화 동아리에 있는 민지랑 수민이 이런 애들하고 왜 친한지 아냐? 맨날 채팅하고 카톡 하고 만화 그린 거 보여 주고 이렇게 자꾸 교류하면서 걔네들이랑 친해진 거야. 너는 그 소연이라는 여자하고 만난 지 얼마 되지도 않았잖아?"

하긴 그랬다. 김청강 작가 밑에서 공부한 지 얼마 되지도 않았는데 너무 일찍 본심을 드러낸 것 같았다.

"그리고 문학소녀 이런 사람들은, 내가 만화에서 보니까 나이 든 사람을 좋아한대."

"왜?"

"지적으로 자기가 성숙하다고 생각하거든. 그러니까 너는 실망할 거 없어. 네가 지적으로 성장하면 되는 거야."

"야, 지적으로 성장하는 것도 좋지만 터프한 게 있어야 해."

민석이가 자꾸 터프함을 강조했다.

"야, 현준이 얘 충분히 터프하거든? 축구, 야구 좋아하고 그러면 됐어. 넌 머리가 빈 게 문제야, 머리가 빈 게."

"그래도 현준이 공부 잘하잖냐."

민석이가 반박하자 종민이는 한심하다는 듯 말했다.

"야, 여자가 제일 싫어하는 게 공부만 잘하는 바보들이야."

"정말?"

"그럼. 공부는 기본으로 잘해야 하고, 여기에 운동도 잘해야 하지. 무엇보다 여자의 마음을 읽어 줘야 하는 거라고. 에헴, 니들이 뭘 알아야 얘기를 하지."

종민이가 짐짓 거만하게 말했다. 현준이는 신기했다. 만화나 보고 그림이나 그리는 줄 알았던 종민이가 그런 걸 안다는 사실이.

"넌 어떻게 그렇게 잘 아냐?"

"야, 만화에 다 나와. 만화책 우습게 보지 마라. 어른들이 그거 보고 재미와 함께 인생의 깨달음을 얻게 하기 위해서 얼마나 고심해서 그리는 건데."

녀석이 수다스럽게 떠들었다. 그 말도 틀린 것 같진 않았다.

"그럼 어떻게 하라고?"

"네가 멋진 남자가 되어야지."

어려운 말이었다. 멋진 남자라는 건 과연 무엇인가. 수없이 많은 기준이 있는데 엄마 말에 의하면 멋진 남자는 돈 잘 벌고 좋은 직장 다니는 사람이라고 했다. 그러나 아직 중학생인 자신이 어떻게 그런 멋진 남자가 된단 말인가.

"야, 멋지다는 게 외모를 얘기하는 거야?"

"외모랑 내면이랑 다 들어가지."

"겁나 어렵네."

"야, 우리도 잘 모르겠다, 네가 그런 거 공부하려고 그 선생한테 가는 거 아냐. 김청강 선생한테 물어봐."

"야, 죽어도 못 해, 나는!"

김청강 작가에게 이 사실을 말한다는 건 끔찍한 일이었다. 그래도 그렇게 친구들과 이야기를 나누고 나자 조금은 속이 풀리는 것 같았다. 하지만 녀석들도 똑같은 중학교 3학년. 큰 도움을 줄 수 있는 입장이 아니었다.

"아, 초등학교 때 좋아했던 지아 보고 싶다!"

민석이가 허공에 대고 외치자 종민이도 따라 소리 질렀다.

"근미여중 다니는 박민지 보고 싶다아!"

신기하게도 두 녀석은 《집 나간 개 뽀삐》에 해 놓은 낙서 대로 초등학교 시절의 여자 친구들을 잊지 않고 있었다.


공부에 집중하지 못한 여파는 학원에서 보는 시험에서 바로 드러났다. 성적이 떨어지기 시작한 것이다. 학원 성적표를 보여 주자 엄마는 레스토랑이 떠내려가라 소리를 지르다가 입을 닫았다.

"아니, 너! 이게! 너 왜 공부 안 해?"

엄마는 목소리를 낮춰 차분하게 말했다.

"하, 한다고 하는데…….'

"너, 내가 인문학 공부까지 시키는 게 너 더 잘하라고 한 건데, 왜 안 해? 성적이 왜 떨어지는 거야? 엄마가 레스토랑 관두고 집에 들어앉아야 하겠어?"

"그건 아니고요…….'

"정신 차려! 엄마가 이 고생하는 게 누구 때문인데!"

엄마의 잔소리가 이어질 무렵 때마침 손님이 들어왔다. 그러자 엄마는 비로소 상냥한 목소리로 손님을 맞이했다.

"어서 오세요!"

그 틈을 타 현준이는 엄마의 레스토랑을 빠져나왔다.

가슴 한 곳이 휑하니 빈 것 같은 이 느낌은 뭔지 알 수 없었다. 책을 읽으면 위안이 될까 싶어 김청강 작가가 권해 준 소설책들을 읽어 보려 했지만 책이 눈에 들어오지 않았다. 머릿속에는 소연이의 모습만 아른거렸다. 엄마에게 야단을 맞고 아빠한테 혼이 나도 아무 소용이 없었다. 현준이의 성적이 떨어진 걸로 엄마 아빠는 또 냉전을 벌이는 눈치였지만 말이다. 방에 들어가 책상 앞에는 앉아 있지만, 공부는 되지 않았다.

문득 현준이는 삼성전자의 직원이 된다거나, 이대로 막바로 들이대서 소연이에게 마음을 얻는다는 건 불가능하다는 생각이 들었다. 진작 포기했어야 하는 것일까. 도대체 왜 삼성전자 다니는 것이 그렇게 우스운 일이라는 건지 이유를 알 수 없었다. 현준이는 스마트폰으로 삼성전자를 검색해 보았다. 실적과 놀라운 영업 이익에 대한 좋은 기사도 있었지만 회사를 다니며 병에 걸린 사람들이라든가 재해를 입은 사람들 이야기도 있었다. 그걸 보면서 현준이는 생각했다.

'아, 결국 기업에 다니는 건 소모품이 된다는 건가?'

그건 싫었다. 행복하게 살기 위해 회사를 다니는 건데, 회사 때문에 죽거나 너무 많은 일에 시달리는 건 행복이 아니라고 현준이는 생각했다. 갑자기 꿈을 접게 되자 모든 것이 텅 비어 버렸다. 팔다리의 힘이 빠지고 의욕이 떨어지는 느낌이었다. 책상에 펼쳐 놓은 《엄마의 말뚝》이라는 소설책이 눈에 들어왔다. 삼성전자는 그동안 현준이에게 말뚝이었다. 그런데 그 말뚝이 뽑혀져 나가자 휑하니 빈 그 자리는 무엇으로도 채울 수 없었다.

"축구나 해야겠다."

토요일 오후, 벌써 몇 주째 김청강 작가의 작업실에 가지 않고 있는 현준이는 친구들을 불렀다. 녀석들은 기다렸다는 듯이 축구공을 들고 나타났다. 다들 지난주 K리그에서 본 슛을 흉내 낸다며 공을 차며 운동장을 뛰어다녔다. 하지만 축구 선수가 될 가능성이 있는 것도 아닌 다음에야 이렇게 뛰는 것도 현준이는 흥미가 떨어졌다. 땀을 쏟은 뒤 세 아이는 벤치에 앉았다.

"야, 너 그 누나랑 아직도 해결 안 됐냐?"

종민이가 궁금하다는 듯이 물었다.

"어. 뭘 어떻게 해야 할지 모르겠어. 잊어야지 뭐."

"야아. 말 한마디 걸었다 차인 거 가지고 바로 잊어버리는 거야? 히히히히……."

종민이가 웃었다. 곧바로 민석이가 말했다.

"한 번 더 대시해 봐."

"그런 게 아니야. 아휴, 그나저나 난 삼성전자 가는 것도 접었다."

"왜?"

종민이가 눈을 크게 뜨고 의외라는 듯이 물었다.

"성적이 안 나와. 이래 가지고는 두리고등학교나 하산고 등학교도 못 가겠어. 거기 가야 좋은 대학 가서 삼성전자에 입사할 수 있잖아. 그런데 곧 있으면 벌써 3학년 중반인데 성적이 너무 낮잖아."

"야, 나도 큰일이야. 난 그냥 가까운 자사고에나 갈까 생각 중이야."

"거기도 쉽지 않잖아."

"어쩌라고. 해 봐야지."

"너는 꿈이 뭐냐? 여전히 만화가 되는 거?"

그러자 종민이가 한숨을 쉬며 말했다.

"우리 엄마가 나 만화가 된다니까 펄쩍 뛰더라. 뭐 먹고 살 거냐고 난리야. 직장 다녀야 한대. 회사 다니는 게 제일 좋대. 그게 가장 편리하다는 거야. 많은 사람이 하고 있다는 건 그만큼 제일 좋은 거라는 뜻이라더라."

만화를 좋아하고 그동안 쭉 만화를 그려 온 종민이가 회사를 다닌다니, 상상이 되지 않았다.

"민석이 너는? 운동할 거 아냐?"

"운동할 거면 예전에 운동부에 들어갔어야지. 이미 중 3이라 늦었어. 나도 진즉 포기했어. 그냥, 쩝, 공부나 좀 하다가 네가 말한 대로 나도 장사를 하든지 회사 다닐 수 있으면 다니든지, 아니면 회사 좀 다니다가 사업하든지 할 생각이야. 뭘 해야 할지는 모르겠다만."

슬프게도 세 녀석 다 꿈이 없었다.

"아, 메이저리그나 잉글랜드 프리미어리그에 가고 싶다는 생각을 초등학교 때 했었는데. 그나저나 너 지난주에 그 경기 봤냐?"

레알 마드리드니 맨체스터 유나이티드니 축구와 관련된 이야기가 나오자 아이들은 아까까지 하던 걱정은 잊어버리고 갑자기 축구 얘기에 몰입했다. 그러고 보면 호날두나 메시나 루니 같은 선수들은 세 아이들에겐 그야말로 아이돌 그 자체였다. 몇 십 분이 지나자 축구 이야깃거리도 슬슬 떨어져 갔다. 다시 현실이 다가왔다. 꿈은 없고 마음의 상처는 깊어가고……. 현준이는 우울해지지 않을 수 없었다.

그때 갑자기 전화벨이 울렸다. 그동안 죽 꺼 뒀던 휴대전화를 친구들을 부를 때 켜 놓고는 다시 끄는 걸 깜빡 잊었던 것이다. 전화를 건 사람은 김청강 작가였다.

"야, 야, 김청강 선생이야."

"빨리 받아, 인마."

전화기를 꺼 버렸으면 좋겠지만 그랬다간 들통이 날 것 같았다. 할 수 없이 조심스럽게 수화기에 귀를 댔다.

"여, 여보세요?"

"현준이냐? 현준이 오늘은 또 왜 안 왔냐?"

"아, 선생님, 저 모, 몸이……."

시간을 보니 이미 수업이 끝나서 김청강 작가가 작업실에서 집으로 돌아갈 시간이었다.

"몸이 아픈 놈이 운동장에서 축구하고 있냐?"

깜짝 놀라 좌우를 살펴보았다. 하지만 휠체어 탄 사람은 어디에도 보이지 않았다.

"너 이 녀석. 당장 내 작업실로 튀어 와."

"네? 저, 하, 학원……."

"거짓말하지 말고 튀어 와라. 너희 엄마한테 다 얘기한다."

등골이 오싹했다. 도살장에 끌려가는 기분도 이거보다 나을 것 같았다.

"얘들아, 나 김청강 선생한테 가야 해."

"들켰구나. 어떻게 아셨지?"

"야, 잘 가라."

종민이와 민석이는 자기들도 학원에 가야 한다며 가방을

메고 사라졌다.

　토요일 오후, 사람들은 밝은 봄 햇살을 받으며 운동하느라 여념이 없었다. 현준이는 김청강 작가의 작업실을 향해 자전거 페달을 밟았다. 무슨 변명을 해야 할지 알 수 없었다. 이윽고 계단을 올라 문을 열고 들어섰다. 김청강 작가는 스탠드 불빛 아래에서 소설을 쓰고 있다. 인기척을 느끼자 돌아보며 말했다.

　"거기 앉아라. 잠시만 기다려. 이 글 좀 마무리하고."

　김청강 작가가 키보드를 두드리는 동안 현준이는 흔적을 살폈다. 소연이의 흔적을. 지우개 가루가 책상에 남아 있었다. 현준이를 그토록 가슴 시리게 했던 그녀는 지우개 가루만 남기고 사라진 거였다. 갑자기 전에 김청강 작가가 읽으라고 한 윤흥길 작가의 소설 《아홉 켤레의 구두로 남은 사내》가 떠올랐다. '지우개 가루만 남기고 떠난 그녀'라는 제목으로 글을 지으면 슬플 것 같았다.

　"너, 내가 어떻게 축구하는지 알았는지 궁금하지?"

　잠시 후 책상 앞에서 휠체어를 돌려 현준이를 바라보고 앉은 김청강 작가가 물었다.

　"네."

　현준이가 기어드는 목소리로 겨우 대답했다.

"소연이가 가다가 우연히 너 축구하는 거 봤다고 나한테 문자 보냈다."

"……?"

"네가 인마, 초등학교 운동장에서 축구하고 있다고 나한테 문자가 왔어. 소연이가 궁금해하더라. 그동안 왜 안 왔는지."

얼굴이 붉어졌다. 소연이가 자초지종은 말하지 않았나 보다. 그러나 무엇을 아는지 모르는지 김청강 작가는 빙글거리며 현준이에게 물었다.

"현준아, 너 이제 사춘기 시작이냐?"

"예? 사춘기요?"

"그래, 사춘기가 시작됐나 본데? 수업도 빠지고 슬슬 땡땡이나 치고. 그럴 거면 당장 때려치우는 게 좋지 않을까?"

그런 건 생각해 본 적이 없다. 다만 소연이를 만나는 게 두려워서, 코앞에 닥친 현실을 회피하기 위해 안 왔을 뿐이다.

"저, 때려치우진 않을 건데요."

"그런데?"

"그냥 몸이 아프고, 그, 그, 그냥……."

"둘러대지 마, 이 녀석아. 너 소연이 좋아하지?"

놀란 현준이는 하마터면 의자에서 떨어질 뻔했다.

"예? 아, 아닌데요."

"아니긴 뭐가 아니야. 소연이한테 얘기 다 들었다."

얼굴이 숯불이라도 끼얹은 것처럼 화끈거렸다. 쥐구멍이 있으면 거기에 머리를 처박고 싶은 심정이었다.

"하하, 이 녀석. 뭘 부끄러워하냐. 남자가 여자한테 좋은 감정 가질 수도 있는 거지. 지극히 정상적인 거야. 나한테 말했으면 이 녀석아, 내가 머리를 빌려 줬을 거 아니야. 소연이 꼬이는 법."

"아니에요, 선생님. 꼬이긴요. 누나를 어떻게 꼬여요."

"허허, 이 녀석 봐라. 여자는 여자야. 왜 못 꼬여. 소연이에게 다가가는 방법을 내가 누구보다 잘 알려 줄 수 있는데. 하하하."

"아, 선생님 그만하세요. 괴로워요……."

"하하하, 알았다, 알았어."

현준이의 얼굴에서 진땀이 흐르는 걸 보며 김청강 작가가 말했다.

"가서 씻고 와."

화장실에서 얼굴을 씻고 나오자 정신이 조금 맑아지는 것 같았다.

"자, 이리 앉아라. 누구나 짝사랑의 고통은 있는 거야. 할 수 없이 내 이야기를 해야겠구나. 나도 옛날에 자전거 타고 다닐 때 좋아하는 여자가 있었다."

"저, 정말요?"

현준이는 귀가 번쩍 뜨였다.

"그럼. 그때 이야기를 좀 해 줄게. 석환이 알지? 자전거 태워 주던 친구 말이야. 학교가 끝나면 석환이하고 나는 자전거를 타고 독서실에 갔었어, 고등학교 때. 학교 끝나면 저녁 먹고 독서실에서 밤늦게까지 공부하다 석환이가 집에 데려다 주고 자기도 집에 가곤 했어. 지금 생각하면 석환이가 참 고마웠지."

"청강아!"

저녁밥을 먹고 집에서 기다리고 있을 때 밖에서 석환이가 부르는 소리가 들렸다.

"응! 나갈게!"

청강은 목발을 짚고 대문 밖으로 나가 석환이 타고 온 자전거에 올랐다. 저녁을 먹고 나서 6시부터 10시까지 동네 독서실에서 공부하는 것이 두 아이의 일상이었다. 자전거를 타고 시원한 바람을 맞으며 독서실로 가면서 두 친구는 이야기를 나누었다.

"시험공부 많이 했냐?"

"조금 했어."

"오늘 영어는 네가 나 테스트 좀 해 줘."

"알았어."

청강과 석환은 그런 이야기를 나누며 독서실로 향했다. 독서실 뒤에는 어린이 놀이터가 있었다. 저녁이 되면 아이들이 잠시 놀다 집에 들어가고 놀이터는 곧 조용해졌다. 그곳은 또한 독서실에서 공부하는 중고등학생들이 가끔 나와 바람을 쐬는 장소였다. 그때만 해도 중고생이 공공연하게 놀이터에서 담배를 피운다거나 어슬렁거리는 일은 불가능했다. 건전하게 배드민턴을 치거나 공이 있으면 공을 몇 번 차보는 것이 전부였다.

여름 해는 길었다. 6시, 7시가 되어도 해가 지지 않자 두 아이는 공부를 좀 하다 놀이터가 있는 밖을 내다보았다. 놀이터에는 어디서 나타났는지 여학생 둘이 배드민턴을 치고 있었다. 둘 다 얼굴이 밉지 않은 얌전하게 생긴 여자아이들이었다. 뭐에 끌렸는지 밖으로 나와 벤치에 앉은 두 친구는 여학생들이 배드민턴 치는 걸 훔쳐보고 있었다. 그때 석환이 슬그머니 저만치 벤치 끝에 가서 앉았다.

"왜?"

"잠깐만 있어 봐."

청강은 왜 석환이 그쪽으로 굳이 가 앉나 궁금했다. 아니나 다를까. 얼굴이 동그란 여학생이 친 셔틀콕이 빗나가 석환의 발 앞에 떨어졌다. 석환은 웃으며 셔틀콕을 집어 던져주면서 말했다.

"손목에 스냅을 넣으셔야죠."

"저, 잘 못해요."

"아, 이런. 제가 가르쳐 드리죠."

석환은 기다렸다는 듯 그 여학생이 있는 쪽으로 달려갔다.

"자, 배드민턴 채를 이렇게 쥐면 각도가 안 나오잖아요. 각도가 나오게 하려면 이렇게 손목을 꺾어 줘야 해요. 그렇게 꺾어 준 상태에서 쳐야 이게 바르게 가는 겁니다."

"어머, 정말 그러네요?"

자연스럽게 손목을 잡는 스킨십을 하며 석환이 녀석은 여학생에게 배드민턴을 가르쳐 주었다.

"처음엔 잘 안 돼도 이걸 자꾸 연습해야 실력이 늘어요."

그렇게 수작을 걸더니 여학생들과 함께 셔틀콕을 주고받았다. 청강은 자신이 배드민턴을 같이 칠 수 없다는 게 한편으론 원통하고 분했지만 그런 아픔은 이미 달관한 지 오래였다. 지켜보면서 흐뭇한 미소를 보낼 여유도 있었다.

한창 여학생들과 배드민턴을 치던 석환이 땀을 흘리며 돌아와 옆자리에 앉더니 낮은 목소리로 말했다.

"어때? 내가 왜 저쪽에 앉았는지 알겠지?"

엄지를 세워 청강은 석환이 최고임을 보여 주었다.

여학생들은 이윽고 얼굴이 상기된 채로 배드민턴을 마무리하더니 슬금슬금 눈치를 살피며 놀이터 밖으로 나가려 했다. 석환은 눈을 찡긋하고 말했다.

"저기, 그냥 가지 말고 우리 아이스크림이나 하나씩 먹을까요?"

"아, 아이스크림요?"

"제가 사 드릴게요."

"저희도 돈 있어요."

"에이, 저희가 살게요."

"아, 뭐 정 그러시다면."

석환은 옆에 있는 구멍가게에서 콘 4개를 사 가지고 왔다. 네 남녀는 벤치에 앉아 이야기를 나누었다. 두 학생은 서영여고에 다니는 학생들이었다. 똑같은 2학년이었다. 서로 인사를 나누었다.

"이 친구 김청강이는 공부 잘하는 친구예요. 글 쓰고 있어요."

"어머, 글을 쓰세요?"

"네."

기회는 이때였다. 청강도 한 역할을 해야만 했다.

"우리 학교에서 곧 '문학의 밤'을 하는데 그때 오세요."

"정말요?"

"네, 제가 그날 수필을 발표하거든요."

"어머나, 꼭 갈게요!"

구두로 약속을 했다.

그렇게 네 사람은 시간 가는 줄 모르고 꽤 오랫동안 이런 저런 이야기를 나누었다.

"어머, 저희들 이제 집에 가 봐야 해요."

"그래요. 안녕히 가세요."

인사를 나누고 두 여학생은 재잘재잘 웃으며 사라져 갔다.

"야, 저 가슴 큰 애는 내가 찍었어."

석환이 말했다.

"오케이."

"배드민턴 가르쳤던 가슴 큰 애는 내가 맡을 테니까, 저 얼굴 예쁜 애는 네가 맡아. 알았지?"

청강은 고개를 끄덕였다. 콩닥콩닥 가슴이 뛰었다.

"저 가슴 큰 애는 내가 별명을 지었어. 왕유."

"왕유가 뭔데? 왕우는 영화배우인데."

왕우는 당시 한국 영화계를 강타한 홍콩의 액션배우였다. 그가 주연한 영화 〈외팔이〉는 공전의 히트를 쳤다.

"왕유방. 킥킥킥킥!"

"푸하하하!"

석환의 넉살에 청강도 웃고 말았다.


"그, 그래서요?"

현준이는 어느새 이야기에 푹 빠져들었다.

"뭘 그래서야 인마. 다시 독서실에 와서 공부했지, 그런데 공부가 됐겠냐?"

"아, 안 됐겠죠."

"당연하지. 그 여학생하고 어떻게 놀러 갈까, 어떻게 더 친하게 지낼까 생각하느라 가슴이 벌렁벌렁 뛰었지."

"그, 그래서요? 혹시 계속 사귀셨어요?"

"이야기를 들어 봐. 그다음에 그 여학생들을 정식으로 '문학의 밤'에 초대하려고 했거든."

"그런데요?"

"바로 며칠 뒤에 깨졌지."

"정말요? 왜요?"

"토요일 오후에 공부하려고 독서실에 가서 자리를 잡고 앉았단다. 여학생들이 오나 안 오나 창밖으로 계속 확인하다가, 점심도 먹고 졸려서 한잠 자고 있었어. 그때 석환이가 나를 깨웠지."

"뭐래요?"

"창밖을 보라는 거야."

"창밖에 뭐가 있었는데요?"

"독서실 2층에서 아래를 내려다보면 놀이터가 보이거든. 거기에서 그 두 여학생이 배드민턴을 치고 있는 거야."

"그러면 선생님도 따라 나가셨나요?"

"아니, 우리는 못 나갔어."

"왜요?"

"독서실에서 공부하던 우리 학교 3학년 형들이 그 여학생들하고 다정하게 복식으로 배드민턴을 치고 있었거든."

"헐, 저, 정말요?"

"응, 그리고 나서 선배들하고 같이 분식집으로 가더구나."

"그럼 선생님도 차이신 거네요?"

"차이고 자시고 할 것도 없지. 혼자 좋아하다 만 거니까. 뭐, 3학년 선배들이 배드민턴 치고 시시덕거리는데 2학년이 어떻게 가서 이야기하겠냐?"

"와, 속상하셨겠어요?"

"속상하지만 뭐 그럴 수도 있는 거지. 여자를 뺏고 뺏기는 게 수컷의 운명 아니겠니. 그러니까 너도 소연이 좋아한다고 고백할 수도 있어. 당연히 소연이한테 좋은 감정 느낄 수 있는 거야. 그런데 소연이가 거절했지?"

"네."

"소연이도 거절할 권리가 있는 게 아니겠니?"

사실 맞는 말이긴 했다.

"그렇……죠."

"지금은 거절했지만 나중에 또 어떻게 될지 모르지. 사람

마음은 변하는 거야. 현준아, 사람은 변하기 때문에 살아남은 거야."

"그게 무슨 말씀이세요?"

"자, 어제하고 오늘이 같은 날이냐, 다른 날이냐?"

"다른 날이죠."

"오늘 뜬 태양이 어제 뜬 태양이랑 같냐, 다르냐?"

"달라요."

"날씨는?"

"달라요."

"기온은?"

"달라요."

"거봐. 같은 날은 없어. 매일 같은 날 같은 순간이 있니? 없지. 그게 뭘 얘기하느냐, 세상은 계속 변하고 있다는 거야. 우주의 원리는 변화야. 그럼 너는? 변화해야 해 말아야 해?"

"저도 변해야죠."

"그렇지. 서로 변화하는 일상 속에서 꿈을 찾고 자기 갈 길을 찾아가면서 삶의 의미를 부단히 찾아 헤매는 게 인생이란다. 선생님을 봐라. 지금도 뭔가를 향해 노력하고 있잖니. 그래서 제자리에 고착되어 있는 사람은 도태되는 거야. 사랑은 움직이는 거라는 말이 있지? 언제 어떻게 될지 모르니 너도 그걸 대비해서 항상 준비해야 한단다."

"알겠어요."

현준이는 고개를 끄덕였다.

"너는 그래서, 여전히 꿈이 삼성전자 가는 거니?"

"아니요."

김청강 작가가 눈을 번쩍 떴다.

"왜? 돈 많이 번다더니?"

"그게 아닌 것 같아요. 공부해 보니까…… 말뚝도 계속 변하고, 뽑아서 다른 말뚝을 꽂을 수도 있는 거더라고요."

"어쭈."

김청강 작가는 반색을 했다.

"이 녀석 글을 가르쳐 놓으니 자기 삶에 나름 적응할 줄 아는군."

"뽑긴 했는데, 아직은 뭘 꽂아야 할지 모르겠어요."

"자기가 좋아하는 걸 꽂아야지."

"조, 좋아하는 거요?"

"그래. 네가 좋아하는 건 뭐지?"

"운동이죠. 근데 엄마는 보나 마나 운동으로 먹고살 수 없다고 할 거예요. 저보다 운동 잘하는 민석이도 운동 포기했어요. 엄마가 회사 다니다 나중에 사업 같은 거 하라고 해서요."

"현준아, 내가 봐도 너는 운동으로 먹고살 순 없어. 운동도 조기교육을 해야 하거든. 그런데 운동과 관련해서 네가 할 만한 건 얼마든지 있지.”

“운동과 관련된 거요?”

“그럼. 너, 〈머니볼〉이라는 영화 봤니?”

“아뇨.”

“안 봤구나. 그러면 〈제리 맥과이어〉는?”

“그건 뭐예요?”

“그것도 영화야. 제리 맥과이어라는 스포츠 에이전시가 나오는 영화지. 그리고 〈머니볼〉은 야구 스카우터에 관한 영화야. 둘 다 유명한 영화란다.”

“전 처음 들어 봐요.”

“영화를 보다 보면 네가 생각나는 게 있을 거다. 자, 이거 받아라.”

김청강 작가는 어느새 손에 DVD를 들고 있었다.

“무슨 DVD예요?”

“〈머니볼〉하고 〈제리 맥과이어〉다. 너 주려고 특별히 주문했다. 영화 보고 감상문 써서 다음 주에 오도록 해라. 그리고 스포츠에 관한 꿈을 찾아보도록 해.”

“네.”

“그리고 소연이가 너 안 오니까 심심하다더라. 다음 주엔 꼭 와라.”

“네!”

집에 돌아오며 현준이는 김청강 작가가 준 DVD 2개를 살펴보았다. 영화 두 편을 보는 게 자기 꿈을 키우는 것과 도대체 무슨 상관인지 알 수 없었다. 집에 들어가자 아빠가 와 있었다. 아빠는 말없이 소파에 앉아 책만 보고 있었다. 여전히 특용작물에 관한 거였다.

"다녀왔습니다."

"그래."

아빠는 밥도 안 해 놓았다. 이럴 때는 저기압이라는 뜻이다. 현준이는 조용히 라면 물을 올리고 가스 불을 켰다. 아빠는 그런 현준이를 쳐다보지도 않았다. 라면을 끓여다 먹을 때까지도 아빠는 책만 보고 있었다. 현준이가 라면을 다 먹고 거실로 들어서자 아빠가 물었다.

"너희 엄마는 도대체 왜 그러냐? 네가 요즘 공부 열심히 안 하는 게 내 탓이라더라."

"죄송해요."

엄마가 엉뚱하게 아빠한테 화풀이를 한 모양이었다.

"하긴, 여자란 존재는 누군가를 탓하기 위해 태어난 동물이긴 하지."

아빠가 우울한 표정으로 다시 소파에 앉아 자세를 고정했다. 현준이는 설거지를 한 뒤 방으로 들어갔다. 그리고 컴퓨터를 켜 DVD를 작동시켰다.

먼저 보게 된 영화는 〈제리 맥과이어〉였다. 잘생긴 톰 크루즈가 나오는 영화였다. 현준이는 영화를 보면서 열심히 메모했다. 〈제리 맥과이어〉는 스포츠 에이전시였던 제리가 독립을 해서 자신의 삶을 개척하는 영화였다.

스포츠 에이전시의 매니저인 제리는 뛰어난 능력과 매력적인 외모를 가졌다. 출세가도를 달리던 제리는 어느 날 갑자기 해고된다. 회사의 방침에 어긋나는 행동을 했기 때문이다. 제리는 회사가 오로지 수익을 내기 위해 많은 선수들을 확보하는 것에 반기를 들었다. 그보다는 적은 수의 선수에게 진심을 가지고 다가가기를 원했다. 그렇게 선수에게 관심을 기울여야 하며, 돈보다는 인간이 중요하다는 제안서를 올렸던 것이다.

졸지에 실업자가 된 제리는 프리랜서가 된다. 자기가 에이전트를 해 줄 선수를 찾아보지만 한 선수도 그와 함께하겠다는 사람이 없다. 그를 따라 나선 사람은 단 한 명, 제리가 옳다고 믿는 도로시뿐이었다.

그녀는 일중독자인 데다 누구에게도 지기 싫어하는 제리의 새 출발에 큰 도움을 준다. 순수한 영혼의 소유자 도로시는 제리를 진심으로 사랑한다. 이때 새로운 고객이 나타난다. 그가 바로 미식축구 선수 로드다. 이 로드와 함께 제리는 새로운 도전에 나서게 되고 결국 성공한다는 내용이었다.

"쇼우 미 더 머니!"

영화가 끝나자 현준이는 자기도 모르게 영화의 대사를 따라 했다. 자신을 탐내는 사람들에게 로드가 내뱉은 말이었다. 돈부터 가져오라는 말은 곧 승자의 포효였다. 가진 자의 당당함이고 갑의 횡포였다.

"와, 정말 멋있어!"

명대사들이 뇌리를 스치고 지나갔다.

"왜 댁들에겐 저런 맛이 없지?"

이건 제리를 쫓아낸 회사 소속의 잘나가는 선수가 제리가 거둔 진정성의 승리를 보고 자기네 매니저에게 투덜대며 하는 말이다.

현준이는 이렇게 멋진 스포츠 영화가 있다는 걸 몰랐던 게 스스로 어이가 없었다. 하긴 엄마는 항상 공부만 하기 원했고, 자신도 기껏 본다는 영화가 죄 애니메이션이나, 코믹물이었으니 할 말이 없긴 하다.

뒤이어 〈머니볼〉을 보기 시작했다.

〈머니볼〉은 메이저리그의 한 가난한 구단의 단장인 빌리빈의 이야기였다. 영화를 소개하는 제작사의 홍보문구가 있었다.

메이저리그 만년 최하위에 그나마 실력 있는 선수들은 다른 구단에 뺏기기 일쑤인 '오클랜드 애슬레틱스'. 돈 없고 실력 없는 오합지졸 구단이란 오명을 벗어 던지고 싶은 단장 '빌리 빈(브래드 피트)'은 경제학을 전공한 '피터'를 영입, 기존의 선수 선발 방식과는 전혀 다른 파격적인 '머니볼' 이론을 따라 새로운 도전을 시작한다. 그는 경기 데이터에만 의존해 사생활 문란, 잦은 부상, 최고령 등의 이유로 다른 구단에서 외면받던 선수들을 팀에 합류시킨다. 모두가 미친 짓이라며 그를 비난하는데 과연 빌리와 애슬레틱스 팀은 '머니볼'의 기적을 이룰 수 있을까?

영화 내용은 한마디로 빌리가 저비용 고효율의 선수들을 찾아내 탄탄한 팀으로 만들어 우승에 도전한다는 거였다.

"야구를 사랑하지 않을 수 없어!"

다 보고 난 뒤 현준이는 빌리가 영화에서 한 말을 따라 해 보았다. 그보다는 정말 가슴에 남는 대사는 못생긴 여친을 가졌다는 게 그만큼 자신감이 없다는 뜻이라는 말이었다. 얼핏 생각하면 여성을 비하하는 말인 듯하지만 둘러보면 사람들은 결국 멋진 여자나 남자를 애인으로 갖는 것도 능력으로 인정해 주지 않던가. 현준이는 단아하면서도 야무진 소연이의 얼굴을 떠올렸다. 소연이와 사귈 수만 있다면 자신은 자신감 넘치는 사람이 될 수 있을 것 같았다.

그리고 마지막에 폐부를 찌르는 대사가 있었다. '돈은 상징일 뿐이고 거액은 그 선수가 그만한 가치가 있음을 말해 줄 뿐이다.'

"맞아. 그 많은 돈 다 쓰지도 못할 거 아냐."

현준이는 영화 두 편을 보고 나서 가슴속이 환해지는 느낌이었다. 누구 말마따나 세상은 넓고 도전할 일은 많았다. 시계를 보니 이미 새벽 1시가 넘어 있었다. 현준이의 가슴속에는 알 수 없는 뜨거운 것이 가득 차올랐다. 불을 끄고 누웠지만 가슴은 진정되지 않았다. 왜 이 두 영화를 보라고 했는지 현준이는 깨달았다. 스포츠 분야에 이렇게 할 일이 많다는 것을 알게 된 것이다.

꼭 선수가 될 필요는 없었다. 어떤 분야든 거기서 파생한 직업은 많다. 지금까지 축구와 야구 등에 관심을 가졌던 건 다시 말해 현준이 자신만의 스토리를 가지고 있다는 뜻이기도 했다. 현준이는 선수들의 기록을 꿰고 있었고 그들이 어떤 방식으로 시합을 벌이며 어떻게 성공해 나가는지를 잘 알고 있었다. 그런 능력을 발휘할 직업은 과거에는 없었다. 스카우터나 스포츠 에이전트는 미래의 직업이었다. 선수가 없어지지 않는 한 스카우터도, 스포츠 에이전트도 영원히 존재할 것이다. 현준이 부모 세대가 학교 다니던 시절에는 이런 직업이 있는지도 몰랐다.

그러나 미래에는 더욱더 많은 사람들이 스포츠와 건강한 아웃도어를 즐길 것이다. 그렇게 되면 스카우터와 스포츠 에이전트의 수요는 더욱 늘어날 것이다.

다가올 미래의 직업에 대해 낱낱이 알고 있는 사람은 아무도 없다 해도 틀린 말이 아니다. 스포츠 에이전시 안에서도 얼마나 다양한 일이 있을지를 상상하니 현준이는 가슴이 쿵쾅거리며 뛰었다. 이러한 새로운 꿈과 비전을 알기 위해서 그동안 현준이는 그토록 가슴 아파했는지도 모른다. 메이저 리그 스카우터가 되어 미국에서 활동하거나, 유럽 리그에 진출한 대한민국 선수의 에이전트가 되어 유럽에서 일하면 얼마나 멋있을까. 생각만 해도 가슴 뛰는 일이었다.

그리고 한편에는, 소연이와 함께 그런 일을 한다면 더 좋겠다는 생각이 밤도둑처럼 가슴속에 들어와 자리 잡았다.

제 7 장

# 소연이의 아픔

"일기, 폭력, 경제."

종민이는 쉬는 시간을 틈타 현준이에게 한자시험 문제를
불러 주었다. 불러 주는 것마다 현준이는 척척 받아썼다. 10
개를 불러 주었는데 다 맞혔다.

"와, 쩌네!"

채점하면서 종민이가 눈을 동그랗게 떴다.

"어때, 나 열심히 공부한 거 맞지?"

"그래, 너 내일모레 한자시험 본다더니 만점 맞으려고?"

"응, 그 앞에 있는 것도 한번 불러 줘 봐."

현준이가 이렇게 열심히 공부하는 데에는 이유가 있었다.
내일모레 일요일, 모처럼 김청강 작가에게 수업을 받으러

가기 때문이다. 김청강 작가는 웬일인지 토요일 수업을 미뤄 일요일 3시까지 오라고 했다. 수업을 가면 소연이를 만난다. 소연이가 보는 앞에서 어색함을 이기려면 한자시험이라도 잘 봐야 한다는 생각이 들었다. 그래서 며칠 전부터 틀린 글자들을 중심으로 열심히 공부를 했다. 그 결과 종민이 앞에서 실력을 발휘하고 있었던 것이다.

"와, 나도 공부해야 할 것 같아."

종민이가 불안해했다.

"야, 야, 만화가 되겠다는 놈이 무슨 한자냐?"

민석이가 옆에서 참견했다.

"무슨 소리야 인마? 만화가가 되려면 한자를 알아야지! 《마법천자문》 대박 난 거 모르냐? 만화 잘 그리려면 공부도 할 필요가 있다고. 무식한 소리 좀 하지 마. 그나저나 야, 축구하고 운동하는 너야말로 공부할 필요 없는 거 아니냐?"

"어쭈? 야! 머리가 좋아야 운동도 잘하는 거야. 현역 때 스타 플레이어로 활약하다 나중에 해설하는 사람들은 말이야, 다 공부하고 책 많이 읽은 사람들이라고."

"그럼 너는 해당사항 없겠다?"

"뭐? 너 죽을래?"

두 녀석은 농담인지 진담인지 모르게 아웅다웅 장난을 쳤다. 하지만 현준이는 심각했다. 오랜만에 만나는 소연이 앞에서 멋진 모습을 보여 줘야 한다는 강박감 때문이었다.

"야, 야, 너희들 장난 너무 심하게 치지 마. 나 책 읽어야 해."

"그 책은 또 왜?"

현준이가 들고 있는 책을 보며 종민이가 물었다.

"김청강 선생이 토론시킨단 말이야."

"그래서 네가 《젊은 베르테르의 슬픔》을 읽었구나. 야, 그거 재미있냐?"

"비극이야. 베르테르가 샬롯테한테 차여 가지고 총으로 쏴서 죽었어. 스스로 목숨을 끊은 거지."

"와, 겁나 비극이다."

《젊은 베르테르의 슬픔》을 읽으며 현준이는 괴로웠다. 사랑하는 여인에게 거절당하면 정말 이렇게 죽고 싶을 만큼 괴로운 것이 남자의 운명이라고 생각했다. 소연이에게 사귀자고 했다가 무안당한 걸 생각하면 베르테르의 행동을 충분히 이해할 만했다. 세상사에 시달려 온 베르테르가 오죽했으면 자살을 결심했을까 싶기도 했다. 아무튼 내일모레까지 한자시험을 완벽하게 준비해야겠다는 생각을 하며 현준이는 자주 틀리는 글자 몇 개를 연습장에 끊임없이 써 보았다.

마침내 일요일 오후, 극일빌딩 앞에 자전거를 묶어 놓고 올라가는 현준이의 걸음은 사뭇 무거웠다. 소연이를 만나면 최대한 당당하게 보여야겠다고 생각했다. 그래서 셔츠도 가장 밝고 예쁜 걸로 입고 청바지도 다리에 꼭 끼는 걸로 골랐다. 소연이에게 조금이라도 말쑥한 모습을 보이고 싶었다. 약속한 시간, 3시 10분 전에 도착해 김청강 작가의 작업실 문을 두드렸다.

"들어오세요."

예전과 다름없는 김청강 작가의 굵직한 목소리가 들렸다. 문을 열고 들어갔다.

"선생님, 안녕하세요."

인사를 하자 김청강 작가가 고개를 끄덕였다.

"거기 앉아라."

아직 소연이는 오지 않은 것 같았다.

"한자시험 준비해라."

소연이가 오면 바로 시작할 수 있도록 현준이는 한자시험 준비를 했다. 그러나 어제 그렇게 열심히 외웠던 한자가 머릿속이 하얘져 기억이 나지 않았다. 정신을 차리고 연습장에 몇 자씩 끄적거려 보았다. 3시가 되자, 김청강 작가가 자신의 책상에서 휠체어를 돌려 현준이에게 다가왔다.

"자, 시험 볼 준비 됐나?"

"저, 누, 누나는요?"

"소연이? 오늘 소연이 못 와. 집에 일이 있단다."

"그래요?"

고무풍선에서 바람이 빠져나가는 듯한 기분이었다. 최대한 멋진 모습을 보여 주려고 한껏 빼입고 시험 준비도 철저히 해서 왔는데 막상 보아 줄 상대가 오질 않다니. 소연이를 만나면 해 줄 말이 참 많았다. 김청강 작가 덕분에 보게 된 두 편의 영화 이야기도 해 주고, 무엇보다도 두 영화를 직접 선물해 줄 생각이었다. 그래서 할인 판매하는 DVD를 인터넷에서 사기까지 했다. 택배로 받은 DVD 케이스가 가방 안에서 만져졌다. 하지만 지금은 아무짝에도 쓸모없었다. 맥없이 김청강 작가가 불러 주는 한자를 받아썼다. 잠시 후 채점을 한 김청강 작가가 말했다.

"이 녀석, 다 맞혔네?"

평소 같았으면 펄쩍 뛰면서 엄마한테 문자를 보내 달라고 졸랐을 현준이였지만 지금은 전혀 그럴 기분이 나질 않았다.

"네."

"너 왜 그래? 소연이가 안 와서?"

"아, 아니에요!"

"그렇지? 설마 네가 그런 걸로 풀 죽고 그러진 않겠지?"

김청강 작가는 무엇이 우스운지 빙글빙글 웃었다.

"그래, 넌 영화 보고 뭘 느꼈냐?"

"두 편 다 재밌었어요. 그리고 스포츠 에이전트가 꼭 되기로 결심했어요."

"하하, 녀석. 그래, 잘했다. 이 신문 한번 볼래?"

김청강 작가는 어디선가 찢어 온 신문을 보여 주었다. 신문 전면에는 잘생긴 브래드 피트가 〈머니볼〉에서 선수들을 만나는 스틸컷이, 뒷면에는 빌리 빈의 실제 모습이 실려 있었다.

"자, 우리나라 신문사에서 빌리 빈을 찾아가서 그의 경영 능력에 대해 인터뷰한 거야. 한번 읽어 봐."

빌리 빈은 메이저리그 오클랜드 애슬레틱스의 단장이었다. 1993년에 오클랜드 스카우터로 처음 구단 직원이 되어 1998년부터 단장 역할을 맡기 시작했다. 영화의 주연이었던 브래드 피트 정도는 아니었지만, 뒷면에 나온 그의 사진은 그가 굉장히 잘생긴 남자라는 걸 보여 주었다. 그는 인터뷰에서 이렇게 말했다.

"우리 팀엔 슈퍼스타는 없지만 다 평균 이상 하는 선수들입니다. 서로의 단점을 보완해 주고 있지요."

그리고 이런 말도 했다.

"야구 선수로서의 경력을 이제 막 시작하거나 전성기가 지난 선수들은 가능성이 있으며 비용도 저렴합니다. 수학, 과학, 공학 등을 이용해서 선수 발굴에 주력하고 있습니다."

한마디로 그는 그동안 저평가된 선수들을 찾는다는 거였다. 기존에 타자를 평가하던 타율과 홈런이 아닌 '출루율'이라는 지표를 통해 자신만의 팀을 꾸리고자 했다. 그리고 선수의 실력은 내려가면 올라가고 올라가면 또 내려가는 게 당연하기 때문에, 그런 부분에서 냉철하게 평가한다고 말했다. 그러면서 단계별로 선수들을 어떻게 이끌지를 중시한다고 했다. 신문을 읽고 나자 조금 더 자신의 꿈이 명확해지는 걸 느낄 수 있었다.

"어때? 이렇게 사람을 다루는 것이 바로 경영학이야. 스포츠 경영학은 바로 이런 거지. 선수를 어떻게 배치하고, 어떻게 해야 최대의 성과를 내는가 하는 걸 연구하는 거지."

"네, 그런 것 같아요."

"현준아, 이건 꼭 회사 경영뿐만이 아니라 인생 경영, 공부, 생활에도 다 적용이 되는 거야. 네가 가지고 있는 가능성과 능력을 최대한으로 끌어올리는 것이 성공이고, 가지고 있는 재능과 실력을 발휘하지 못하는 것이 실패야. 회사로 치면 부도가 나는 거지."

"네."

"네가 읽은 《젊은 베르테르의 슬픔》에서 베르테르는 왜 자살했니?"

"샬롯테를 사랑해서요."

"하하, 사랑한다는 이유만으로 죽는다는 건 문제가 있지. 선생님이 볼 땐, 베르테르는 신분의 벽을 뛰어넘지 못했던 거야."

"신분의 벽요?"

"그래. 졸부들 사이에 끼어서 괴로워하던 베르테르가 그럴 때면 자기가 좋아하는 곳에 가서 조용히 호머를 읽고 싶다고 하지 않니. 그건 뭘 뜻하겠니? 호머의 이야기 안에 담겨 있는 지혜를 만나는 게 차라리 세속적인 삶보다 낫다는 거야. 그런 식으로 베르테르가 자신의 이상에 맞는 여자를 사귀었으면 죽지 않았겠지. 하지만 그러한 인문학적 교양과 실력을 뛰어넘는 게 바로 샬롯테의 아름다움이었던 거지. 베르테르도 인간이었단다. 인간이기 때문에 약한 모습이 있다는 것을 인정해야 해."

"그렇군요."

"만일 빌리 빈 단장이 베르테르를 보았다면 어떻게 했을까?"

"글쎄요, 방출했을 것 같아요."

"하하하, 녀석. 그래. 여자한테 차였다고 자살이나 하는 녀석은 방출하는 게 답이다."

대화가 이어지면서 현준이는 자신의 꿈이 좀 더 분명해지는 것을 느꼈다. 그때 문을 두드리는 소리와 함께 누군가가 들어왔다.

"선생님, 안녕하셨어요?"

경쾌한 차림에 청바지를 입고 숄더백을 멘 20대 후반의 청년이었다.

"음, 어서 들어와라."

"선생님, 그동안 건강하셨죠?"

들고 온 주스를 건네며 청년이 인사를 했다.

"그래, 그래, 자 이리 와 앉아. 그래, 요즘 기자 활동은 잘하고 있고?"

"예, 지난주에 미국 다녀왔습니다."

"기사 쓰러?"

"네, 류현진 선수 인터뷰가 있어서요."

류현진이라는 말에 현준이는 정신이 번쩍 들었다. 이 사람이 누구기에 류현진을 인터뷰했단 말인가. 고개를 들어 쳐다보자 김청강 작가가 말했다.

"어, 인사해라 현준아. 나한테 최초로 글을 배우고 나간 나의 수제자지. 《스포츠매일》의 윤석훈 기자야."

"네?"

현준이는 깜짝 놀랐다. 윤석훈 기자라면 우리나라 스포츠 기자 가운데 최고의 실력을 발휘하는 젊은 기자였다. 그는 메이저리그를 수시로 드나들었고 가끔 큰 경기가 있을 때는 텔레비전에 나와서 직접 해설도 하곤 했다. 화면에서 보던 것과 실물은 많이 달랐다. 현준이가 그걸 눈치챘다는 걸 알

앉는지 윤석훈 기자가 웃으며 말했다.

"하하, 텔레비전에서 보던 것하고는 다르지? 화면발을 좋게 하기 위해서 분장을 거의 변장 수준으로 하거든."

"그, 그러게요."

윤석훈 기자가 다가와 악수를 했다. 윤석훈 기자는 굳게 손을 잡고 현준이의 손을 흔들었다. 그리고 김청강 작가에게 안부를 물었다.

"선생님, 그간 평안하셨죠? 선생님 작품이 이번에 베스트셀러에 진입했다던데, 축하드립니다."

"뭐, 베스트셀러가 무슨 축하받을 일인가. 독자들의 사랑을 좀 더 받는 건데. 곧 내려오겠지."

"아닙니다. 이번 작품 좋던데요?"

"이 녀석, 읽지도 않고 읽은 척하기는."

"하하, 선생님, 아셨군요. 제 책상 위에 있긴 한데 아직 읽진 못했습니다."

"객쩍은 소린 그만 하고…… 여기 현준이는 내 일곱 번째 제자야."

"네. 전에 그 소연이라는 예쁜 여학생은요?"

"아, 오늘 안 왔어."

"그랬군요. 그 친구 한가락 할 것 같던데요."

윤석훈도 소연이를 아는 눈치였다.

"재능이 있는 녀석이야. 오늘 집에 일이 있다고 그래서. 아, 그런데 좋은 소식도 있어."

"네? 뭔데요?"

"얼마 전에 소연이가 공모전에 소설을 냈는데 금상을 받았다고 한다."

현준이는 깜짝 놀랐다. 결국 해내고 말았던 것이다. 현준이는 자기 일처럼 기뻤다. 가슴이 벌렁벌렁 뛰었다. 축하 선물로 뭘 사다 주면 좋을까를 생각해 보았다.

"이야, 글재주가 역시 뛰어나군요."

"자네도 옛날에 소상문화재단에서 상금 받았잖아, 입상해서."

"하긴요, 그것 때문에 제가 글 쓰는 쪽으로 방향을 본격적으로 틀었죠."

"자네 이야기 좀 해 줘."

"현준이한테요?"

현준이는 듣고 싶었다. 윤석훈 기자가 김청강 작가의 제자였다는 건 꿈에도 생각하지 못했다. 가슴이 벌렁벌렁했다. 자기가 가장 존경하는 스포츠 기자가 선배일 줄이야.

"저, 윤 기자님, 사인부터 해 주시면 안 돼요?"

"사인? 뭐, 해 주지."

현준이가 연습장을 들이밀자 그는 시원하게 사인을 해 주었다. 그는 사인 옆에 현준이에게 전하고 싶은 메시지까지 적었다.

'현준 군에게. 꿈을 향해 가는 길은 멀고도 험하지만 반드시 가야 할 길입니다. 그 길 말고 딴 길이 없기 때문입니다.'

"저, 인증샷도 같이 찍어요!"

윤석훈 기자는 순순히 현준이의 부탁을 들어 주었다. 김청강 작가는 곁에서 빙긋이 웃고만 있었다.

"자, 나는 원고 쓰던 게 있어서 마저 쓸 테니 두 사람이 이야기하고 있어. 윤 군, 이 친구한테 꿈과 비전에 대해 멘토링 좀 해. 자네가 오늘밤에 시간이 안 된다고 해서 일부러 수업도 하루 미뤘지."

윤석훈 기자는 아예 작정을 하고 온 듯했다.

"아, 네. 자, 그러면 내가 어떻게 해서 글을 쓰게 되었는지부터 말해 줄까?"

"네, 듣고 싶어요."

윤석훈 기자가 입을 열었다.

"나는 중학교 때 판타지 소설에 푹 빠져 있었어."

석훈은 하루 공부를 마치고 나면 남는 시간에 판타지 소설을 썼다. 시험 기간에도 마찬가지였다. 판타지의 세계는 참으로 오묘했다. 쓰면 쓸수록 무한한 상상력으로 이야기를 만들어 낼 수 있었다. 물론 그 이야기는 인간 세계에 질서를 둔 것이었지만, 마음껏 주인공을 만들고 사건을 일으키며 캐릭터를 설정한다는 점에서 무한한 매력이 있었다. 그 어떤 놀이나 게임보다도 즐거웠다. 그러나 꼬리가 길면 밟히는 법. 석훈의 이러한 행동은 부모에게 곧 발각되었다. 밤새써 놓은 소설로 가득한 연습장이 우연히 엄마의 눈에 띄었던 것이다.

"너 공부는 안 하고 이게 무슨 짓이니?"

"공부할 거 다 하고 있어요."

틀린 말이 아니었다. 석훈은 전교에서 상위권 성적을 유지하면서 남는 시간에 소설을 쓰는 거였다.

"다른 애들 게임하는 동안 전 이거 쓰는 거니까 뭐라고 하지 마세요. 그리고 말했잖아요, 전 글 쓰는 거 아니면 딴 직업은 갖지 않을 거라고요."

석훈의 부모는 고민에 고민을 거듭했다. 아들의 고집을 알기 때문이었다. 어려서도 원하는 것이 있으면 무슨 일이 있어도 얻고야 마는 석훈의 고집은 이미 유명했다. 부모는 석훈의 문제를 상의하기 시작했다.

"이제 고등학생 되면 특기와 적성을 살려야 하는데, 글만 쓴다니 어쩌지? 판타지 써서 어쩌겠다는 건지 모르겠어요."

그러자 석훈의 아빠가 말했다.

"그건 아니야, 판타지도 잘만 쓰면 뭐 부자 될 수 있지. 조앤 롤링을 봐. 문제는 저 녀석이 소질이 있나 없나 아니겠어?"

"그러니까요. 전문가에게 보여야 하는데……."

"가만, 우리 대학교 후배 중에 김청강이라고 있어."

"김청강? 누군데요, 많이 들어 본 것 같긴 한데."

"제법 이름이 알려진 작가야. 동창회 통해서 그 친구한테 연락해 봐야지. 그래서 석훈이가 재주가 있는지 한번 봐 달라고 하지 뭐."

"가능하겠어요?"

"재주가 있다면 밀어줘야지 어쩌겠어. 딴 집들 보면 아직 꿈이 없다 그러는 애들도 많은데 석훈인 그래도 죽어도 하겠다는 게 있으니 그런 점에선 다행이지."


"그래서요?"

현준이가 궁금해서 말했다. 자기는 엄마한테 강제로 끌려왔는데 윤석훈 기자는 오히려 반대였던 것이다.

"그래서는 뭐 그래서야? 선생님 작업실로 왔지. 그땐 작업실이 여기가 아니라 저기 워커힐 부근이었어. 와서 인사를 드렸더니 선생님이 대뜸 써 온 글을 보자고 하시는 거야. 그래서 배낭으로 한가득 써 담아 간 연습장을 보여 드렸지."

"우아, 배낭으로 하나요?"

"그럼. 선생님 맞죠?"

김청강 작가가 원고를 쓰다 돌아보며 웃었다.

"배낭으로 하나……는 안 됐지. 한 연습장 열 권 됐어. 그래도 책으로 치면 그게 일고여덟 권 분량이니까 대단한 거지. 너는 그때 아주 미쳐 있었잖니."

윤석훈 기자는 빙글빙글 웃으며 이야기를 이어 나갔다.

"아무튼 그래서 말이야……."


김청강 작가는 석훈이 깨알 같은 글씨로 연습장 10여 권에 써 놓은 판타지 소설을 보더니 말했다.

"재주가 있는지 없는진 모르겠지만, 집요하게 이렇게 많은 글을 썼다는 건 일단 이걸 좋아한다는 뜻이지. 끝까지 노력할 수 있는지 한번 검증해 보자."

그날로 석훈은 김청강 작가의 제자가 되었다.

석훈은 글 쓰는 것과 함께 스포츠 중계를 보는 게 취미였다. 스포츠 중계를 보면서 그 선수들과 팀의 성격을 소설에 반영하기도 했다. 저녁에 프로야구, 축구 중계를 보거나 판타지 소설을 쓰는 것이 석훈에게는 무엇과도 바꿀 수 없는 재미였다.

"와, 축구 보는 거 저도 좋아하는데?"

"그래? 현준이 너도 축구 좋아해?"

두 사람의 이야기는 어느새 축구 쪽으로 흘렀다.

"가장 좋아하는 선수가 누군데?"

"호날두요."

"그래? 난 지단인데."

둘은 지단과 호날두의 경기력을 비교하며 대화를 주고받았다. 현준이는 물 만난 고기같이 막힘이 없었다.

"호날두가 얼마나 쩌는데요! 레알 마드리드 경기 한 번만 보시면 알아요. 왼쪽과 오른쪽, 중앙을 가리지 않고 드리블을 막 하는데 상대 선수들이 아무도 건드리지 못하잖아요! 코너킥 할 때도 헤딩으로 막 골도 넣고. 보통 빠른 선수들은 헤딩 잘 못하는데 호날두는 잘하잖아요! 완벽 그 자체죠."

하지만 윤석훈 기자는 고개를 저었다.

"레알 마드리드에서야 다른 선수들이 워낙에 잘하니까 호날두도 같이 빛나지만, 대표팀 유니폼만 입으면 솔직히 말해서 별로 하는 게 없잖아?"

"그, 그건 어쩔 수 없잖아요! 상대 팀이 누가 되었건 호날두 혼자서 상대를 이길 수는 없으니까요."

"스타라면 불리한 상황에서 판을 뒤집을 수 있어야 하는 거야. 그런 점에선 지네딘 지단이 최고지. 지난 2006년 월드컵을 봐. 지단이 있고 없고에 따라서 프랑스가 얼마나 달라졌냐? 조별 예선 때 빌빌 기다가 지단이 각성하니까 결승까지 올라갔지. 호날두 같은 폭발적인 드리블 능력은 없지만 경기를 조율하는 플레이메이커로서의 능력은 지단이 최고 아닐까? 그게 바로 경기를 지배하는 자이지. 내가 그래서 지단을 좋아하는 거야."

"아, 그래도 레알 마드리드가 호날두를 맨체스터 유나이티드에서 괜히 비싸게 영입한 건 아니잖아요! 호날두 없었어 봐요. 레알 마드리드가 그렇게 잘할 수 있었겠냐고요! 지단은 솔직히 제가 하이라이트 봤는데 달려야 할 상황에서 볼 질질 끌고 막……."

두 사람이 열띠게 스포츠를 화제 삼아 이야기하자 김청강 작가가 돌아보았다.

"야, 운동 이야긴 그만하고 네가 꿈을 찾은 이야기나 해."

"아, 예, 선생님."

윤석훈 기자는 빙긋이 웃더니 이야기를 이어 나갔다.


석훈은 뭐가 됐든 글 쓰는 직업을 갖고 싶었다. 처음엔 소설을 쓰는 것이 꿈이었다. 자기가 알고 있는 모든 지혜를 짜내 단편 소설을 써서 갖다 주었다. 김청강 작가는 보자마자 소설 여기저기에 붉은 줄을 그으며 말했다.

"이 부분은 이렇게 썼어야지. 주인공이 그냥 죽어 버리면 어떡해. 사람이 죽는 게 그렇게 쉬운 게 아니야. 죽으려고 해도 주변에 방해하는 요소가 너무 많잖아. 그리고 죽으려고 해도 죽지 못하다가 천신만고 끝에 살겠다고 결심할 때 갑자기 죽어 버려야 독자들이 훨씬 더 허탈해할 것 아니냐."

석훈은 거기까진 생각을 못 했다. 그저 멍하니 선생님을 바라보기만 했다.

"다시 써 와."

몇 번을 고쳐 썼다. 그렇게 고등학교 2학년 때까지 석훈은 김청강 작가를 찾아가 문하생 노릇을 하며 글을 썼다. 그러나 고등학교 2학년이 끝날 무렵, 김청강 작가가 말했다.

"석훈이 너는 소설엔 재능이 없는 것 같다."

"네?"

청천벽력이었다. 작가가 되어 소설을 써서 베스트셀러를 만드는 게 꿈이었는데 2, 3년 동안 들인 노력이 물거품이 되는 순간이었다.

"재능이 없는 건 잘못이 아니야. 나쁜 것도 아니고. 그냥 없을 뿐이야. 너는 세상 경험도 부족하고, 유복한 가정에서 자라서 아픔이 없다 보니 소설에 어떤 인생의 깊은 맛이 배질 않는 거야. 네가 나중에 서른이나 마흔 넘어서 삶의 아픔을 문학에 담을 수 있을진 모르겠는데, 지금 당장 고등학생으로서 상을 받아서 수시 전형으로 대학 가는 건 좀 어렵겠다."

석훈은 크게 실망했다. 거의 울다시피 하며 작업실을 뛰쳐나갔다.

"그때 사실 선생님한테 말씀 안 드렸는데, 집에 가다 소주 한 병 사 가지고 집 앞에서 병나발 불었다."

"네? 병나발요?"

"근데 술을 안 먹어 봐서 반 병 먹고 토해 버렸지. 그땐 고등학생이었잖나. 하하하."

윤석훈 기자가 멋쩍게 웃었다.

"지금은요?"

"기자는 매일 술 마시는 게 일이야. 사람들 만나서 정보도 얻고 이야기를 들으려면 어쩔 수 없어. 술자리에서 제일 많은 정보가 나오거든. 그리고 보면, 사실 기자라는 길도 선생님이 제시해 주신 거나 마찬가지지. 그러던 어느 날 내가 운동경기 보는 걸 좋아한다는 걸 알고 계신 선생님이 오랜만에 날 부르셨지."


"석훈아, 너 운동이 그렇게 좋으냐? 선수들 기록도 다 외우고 있니?"

"선수들을 좋아하면, 기록도 외우며 봐야 재밌죠."

"그렇구나. 예를 들어서 한번 말해 봐라."

석훈은 자기가 알고 있는 축구, 야구, 농구 선수들의 특별한 기록과 경력에 대해 줄줄이 꿰었다. 김청강 작가는 빙긋이 웃으며 한참 동안 이야기를 듣더니 말했다.

"그래? 그럼 어디 한번 네가 좋아한다는 지단에 대해 글을 써 보겠니?"

"지, 지단에 대해서요?"

"그래. 지단이 어떤 사람인지, 지단에 대해 전혀 모르는 사람한테 보인다 생각하고 한번 써 봐."

그 자리에서 석훈은 지단에 대한 글을 써 냈다.

### 예술은 연습이다

명장의 반열에 오른 사람들의 예술 작품을 보면서 우리는 감동한다. 미처 생각지도 못한 감동이다. 문학, 음악, 미술, 영화 등의 각종 예술 장르에서 우리는 명장을 만난다.

그러나 나는 스포츠, 그중에서도 축구에서 명장을 만났다. 그의 이름은 지네딘 지단.

지단이야말로 명장이 아닐 수 없다. 그는 축구가 아름다울 수 있다는 걸 보여 준다. 그가 그라운드에서 뛰는 장면을 한 번이라도 본 사람은 그가 예술가임을 부인하지 못한다. 일단 공을 잡으면 그는 마치 양떼들 사이의 늑대처럼, 전쟁이 무리를 파고드는 상어처럼 종횡무진이다. 깊은 슬라이딩도 그는 이미 예측하고 다리를 슬쩍 들어 비껴간다. 집중마크도 그는 역동작으로 피해 간다. 왼쪽으로 모션을 취했다 다시 오른쪽으로 취하면 대부분의 수비수는 중심을 잃고 넘어진다. 심지어 이를 읽은 수비수가 양쪽에서 다 따라와도 그는 다시 요리조리 피하면서 빠져나간다. 이것이 예술이 아니고 뭐란 말인가.

하지만 나는 그의 예술이 연습의 결과임을 안다. 수없이 많은 슬라이딩 태클을 피해 가기 위해, 수없이 많은 수비수들의 마크를 뚫고 나가기 위해 그가 얼마나 피나는 연습을 했을지.

그가 공을 자유자재로 부리는 것은 신기에 가깝다. 사람들은 그가 재능이 있다고 칭송한다. 그의 신체 조건이 좋다고 부러워한다. 그러나 이 신기 하나를 보여 주기 위해 지단은 아마 아무도 보지 않는 곳에서 피땀 흘리며 연습하고 있을 것이다. 예술은 곧 부단한 연습의 결과이기 때문이다.


그 글을 읽어 본 김청강 작가는 고개를 끄덕였다.

"이 녀석, 이쪽으로 소질이 있군."

"네?"

"너는 아무래도 스포츠 해설가나 스포츠 전문 기자, 혹은 스포츠 캐스터 같은 걸 하는 게 좋겠다.”

“스포츠요? 스포츠를 글 소재로요?”

“그래, 지금은 스포츠 전문 칼럼니스트가 많지 않지만, 앞으로 우리나라가 잘살게 되어 스포츠 관람이 하나의 문화로 정착하고 생활 스포츠가 보다 활성화된다면 너 같은 사람들의 수요도 굉장히 많아질 거야. 네가 이미 갖고 있는 정보를 더 심화하면 얼마든지 좋은 스포츠 기자가 될 수 있어. 너만의 특성을 찾아.”

“와!”

현준이는 진심으로 박수를 보냈다. 그 심정이 이해가 되었기 때문이다.

“그러면 그때부터 스포츠 기자 쪽으로 방향을 트신 거예요?”

“그렇지. 그래서 시간 날 때마다 축구장이나 야구장 이곳저곳을 쫓아다녔어. 일단 팬클럽부터 가입했고, 블로그 같은 데 여기저기 글을 썼어. 나중에는 프로축구연맹에서 운영하는 학생기자단 활동을 하기도 했지.”

그때 김청강 작가가 나섰다.

“저 녀석, 그런 식으로 매번 글을 잘 쓰니까 구단주까지 만나자고 그랬어.”

"우아, 정말요?"

"그럼, 어디 수도권 구단 쪽이던가? 그쪽 구단주가 밥 사준다 그래서 나도 같이 가서 만난 적도 있다. 자연스럽게 선수들하고도 친해지게 되었단다. 고등학생이 날카롭게 글 쓴다고 구단주가 칭찬해 주더라."

"아무튼 그게 경험이 되어서, 스포츠 기자가 되기로 결심하고 공부를 시작했어."

윤석훈 기자가 덧붙였다.

"공부는 잘하셨다면서요?"

"고등학교 가서는 성적이 좀 떨어졌어. 게다가 선생님께서 스포츠 전문 기자로 가라는 방향을 제시해 주신 뒤에야 알았는데, 기자 되는 것도 어렵더라고."

"공부 잘해야 하죠?"

"그렇지. 일단 대학을 잘 가야 했으니까. 또 언론학과 같은 데는 커트라인이 높은 편이거든. 그래서 고 3 들어가서 미친 듯이 공부를 했단다. 좋아하는 걸 하니 성적도 많이 오르고 꿈이 분명하니까 부모님도 밀어주셨지."

그리하여 석훈은 오늘날 이름을 날리는 신예 기자가 된 것이었다.

"이번에 미국 가서 류현진 선수 만난 이야기도 해 주세요."

"하하, 그래. 류현진 선수가 중계방송에서 보면 덩치가 별로 안 커 보이지?"

"네."

"실제로 보면 어마어마한 빅 보이야. 미국 선수들 사이에서도 절대 안 빠져."

"우아, 대단해요!"

"근데 씩 웃을 때 보면 천진난만한 초등학생 같아. 그래서 미국 사람들도 좋아하지. 그런 천진난만함이 있기에 류현진 선수가 발전하는 거야."

"네? 그게 무슨 상관이에요?"

"아이들 봐라. 잘 못하더라도 며칠만 가르치면 금세 잘하지?"

"네."

"그게 뭐냐 하면, 그만큼 유연하다는 거야. 몸뿐만 아니라 생각이나 사고방식이. 류현진은 어른인데도 그러한 사고방식이 유연해. 당장 하는 것만 봐도 천진난만하고 장난기 넘치잖아? 유리베랑 장난치는 거 봐라. 둘 다 힘든 선수 생활을 하는데도 장난치는 모습 보면서 넌 뭘 느끼니? 그건 동심이 남아 있다는 뜻이야. 여유가 있고 즐길 줄 아는 거지. 딱딱하게 굳지 않고 즐기는 놈은 못 이긴단다."

"우아, 멋있어요. 그런 걸 기사로 쓰실 건가요?"

"그걸 기사로 쓴다기보단, 그냥 내 생각이 그렇다는 거야.

어쩌다 생각나면 한두 줄 넣을 수도 있지."

"그러면 김청강 선생님이 기사 쓰는 법도 가르쳐 주신 거예요?"

"하하하, 이 녀석. 선생님, 기사 쓰는 거 가르쳐 줬냐는데요?"

김청강 작가가 웃었다.

"허허, 이 녀석아, 내가 기자냐?"

"그럼 어떻게 아셨어요? 기사 쓰는 법을요?"

김청강 작가가 목소리를 가다듬고 말했다.

"글쓰기는 다 똑같아. 기사가 되었건, 가사가 되었건, 광고가 되었건. 진정성이 담겨야 한다. 이 글을 읽는 사람에게 내 생각을 정성껏 전달하겠다는 마음만 있으면 다 통하는 거야. 거짓말을 쓰지 않고 진실을 쓸 때 독자들은 감동하지."

"우아, 그렇구나."

"그래서 너는 꿈이 뭐냐?"

윤석훈 기자가 말했다. 말할 때마다 그의 몸에서는 은은한 향기가 풍겼다. 마치 메이저리그에서 풍겨 오는 향기 같았다.

"저는 빌리 빈 같은 스포츠 경영자가 될까 해요."

"아, 빌리 빈. 나도 가서 만난 적이 있어. 굉장히 존경받는 사람이지. 그는 선구자야. 요즘은 메이저리그가 다 빌리 빈처럼 싸고 좋은 선수를 찾아서 쓰지."

"그렇군요."

"그래도 그가 가장 먼저 그 아이디어를 냈기에, 빌리 빈은 몇 년 동안 재미를 톡톡히 봤지. 그 어떤 전문가도 오클랜드가 포스트시즌에 진출할 거라고 예상하지 않았는데, 보란 듯이 강팀들을 제치고 가을 야구를 하게 되었잖니? 이 방식이 보급이 되어서 새로운 트렌드로 자리매김한 거지. 이런 식으로, 또 다른 새로운 아이디어가 나오면 야구 역시 변화 발전하지 않겠어?"

"맞아요! 제가 그걸 하고 싶어요!"

"네가?"

"네! 제가 직접 새로운 아이디어와 방식을 퍼뜨리는 멋진 스포츠 스카우터가 되고 싶어요."

"선생님, 이 녀석 아예 자기가 스스로 패러다임을 바꾸겠다는데요? 저보다 나은데요? 허허허."

"그러게. 자네는 기사나 쓰고 있지만 이 녀석은 아예 새로운 아이디어로 틀을 바꾸겠다잖아."

현준이는 이때다 싶어 말했다.

"축구도 그렇잖아요. 축구의 흐름도 토털 사커로 가다가 패스 위주로 가다가 요즘은 또 그게 변했다고 하잖아요."

"그래, 그래, 그 말이 맞다."

"이렇게 끊임없이 변화 발전하니까 그에 맞춰서 이론을

만들어야 해요. 저도 그런 거 하고 싶어요.”

“그래, 수준 높은 경기를 보면서 너도 나름대로 요즘 유행하는 전술이 뭔지, 스타일이 뭔지 고민해 보는 거지.”

윤석훈 기자와의 대화가 끝나자 김청강 작가는 음식을 주문해 주었다. 세 사람은 중국 음식을 맛있게 나눠 먹으며 이야기꽃을 피웠다. 이미 해가 뉘엿뉘엿 지고 꽤 어두워졌지만 현준이의 이야기는 지칠 줄 몰랐다. 윤석훈 기자가 매일 와 주면 얼마나 좋을까 하는 생각이 들 정도였다.

휠체어를 탄 김청강 작가를 주차장으로 모시고 와 차에 태워 준 뒤 두 사람은 건물 밖으로 나왔다. 자전거를 끌고 걸으면서 현준이가 물었다.

“윤 기자님, 오늘 만나서 정말 반가웠어요.”

“기자님이라니, 오글거린다. 다음에 만나면 형이라고 불러. 그리고 궁금한 거 있으면 언제든지 물어봐.”

그때 뒤에서 자동차 경적 소리가 났다. 돌아보니 김청강 작가였다.

“현준아, 깜빡 잊었다. 내 트렁크에 있는 책 꺼내라.”

트렁크를 열자 그 안에 상자에 담긴 책 열 권이 있었다.

“그거 소연이한테 좀 갖다 줘라. 이번에 문학상 받은 거 축하하는 선물이야.”

"네? 제, 제가요?"

"그래, 자전거 뒤에 싣고 갖다 줘. 선생님 지금 본가에 제사 지내러 가야 한다. 내가 갖다 주면 좋은데 좀 늦어서. 미안하다."

김청강 작가는 차를 몰고 그대로 떠났다. 책은 소설 전집이었다. 아마 소연이한테 소설을 더 읽고 공부하라고 주는 김청강 작가의 선물인 듯했다. 짐받이에 책을 얹었다. 이미 거리는 깜깜해졌지만 둘은 지하철역을 향해 천천히 걸어가며 대화를 나누었다.

"소연이, 예쁘지?"

"네? 네, 조금요."

"걔는 소설가로 성공할 거야. 선생님이 그러셨어. 아픔이 있어야 성공한다고. 문학으로 성공하려면."

현준이는 흠칫 놀랐다. 소연이에게 아픔이 있다는 말은 들은 적이 없었다. 자세히 물어보고 싶었지만 윤석훈 기자가 바로 다른 얘기를 하는 바람에 그럴 수가 없었다.

"현준이 너도 나중에 스카우터가 되면 나랑 같이 이것저것 정보를 공유하자."

"네!"

"기자는 너 같은 애들도 많이 만나야 하거든."

"윤 기자님도 꼭 그때까지 현역으로 뛰셔야 해요."

"가만있어 봐. 네가 스포츠 스카우터 업계에 발이라도 담 그려면 앞으로도 한 15년은 걸리겠구나."

"10년이면 돼요!"

"어떻게 10년이면 되냐? 만일 메이저리그나 잉글랜드 프리미어리그 같은 데 가려면 영어나 스페인어 같은 외국어도 유창하게 할 줄 알아야 해. 그리고 최소한 대학원은 나와야 하지 않겠니? 스포츠 경영학을 잘하는 미국이나 영국 같은 데 가서 공부도 해야 하고. 어쩌면 20년도 걸리겠다."

"아니에요! 10년 만에 할 거예요!"

"하하! 녀석. 그래라. 하는 거 안 말린다. 나도 그럼 10년 동안 버티고 있으마."

지하철역에 도착한 현준이는 윤석훈 기자에게 작별 인사를 했다.

"오늘 만나서 반가웠어요."

"그래, 너도 열심히 해. 김청강 선생님의 제자로서 부끄럽지 않길 바란다."

"네, 잊지 않을게요."

윤석훈 기자가 수유역 승강장으로 내려가는 것을 보며 현준이는 자전거에 올라 페달을 밟았다. 소연이의 집을 향해 달려가는 현준이의 가슴은 환희와 슬픔을 같은 무게로 저울의 양쪽에 달아 놓은 것 같았다. 평소에 존경하던 윤석훈 기자가 자기의 선배인 데다 앞으로 메이저리그나 잉글랜드 프리미어리그에서 만나자는 약속까지 해서 가슴이 터질 것만 같은 벅찬 희열로 차올랐다. 하지만 소연이를 만나 책을 전해 줘야 한다는 현실은 무겁기만 했다.

"누나, 선생님이 갖다 주래. 선생님께서 심부름 시켰어."

"여기 책 열 권이야, 누나. 축하해. 상 받은 거."

"누나, 나 왔어."

혼자 중얼대며 연습을 해 보았다. 무슨 말을 하는 것이 가장 나을지 몰라 걱정이었다. 집 앞에 가서 전화 거는 것부터가 문제였다. 그렇게 밤길을 헤쳐 소연이가 사는 아파트 단지로 들어섰다. 가슴은 점점 더 빨리 뛰기 시작했다. 아파트 단지 곳곳에는 불이 켜져 있었다. 소연이네 아파트 동 앞에 자전거를 세우고 묶었던 책을 끌러 위를 올려다보았다. 그때 갑자기 와장창 하고 유리창 깨지는 소리가 났다. 복도식 아파트의 중간층 어디쯤에서 남자의 거친 고함이 들렸다.

"이것들아! 문 열어! 다 때려 죽일 거야!"

바로 뒤이어 여자들의 비명이 들렸다. 동네 사람들이 죄다 내다보고 있었다. 경비 아저씨가 달려 올라가는 게 보였다. 무슨 일인가 싶어 현준이도 위층을 바라보았다. 얼핏 보니 7층쯤에서 누군가 난동을 부리고 있었다.

"너희들이 이제 와서 나를 집 안에도 들여보내지 않는단 말이야? 이것들이! 대화를 하자며 대화를!"

술 취한 듯한 남자의 고함이었다. 현준이는 그와 상관없이 휴대전화를 꺼내 소연이에게 문자를 보냈다.

> 누나, 선생님 심부름으로 아파트 앞에 와 있어 나올 수 있어?

메시지를 보냈지만 메시지 옆에 달려 있는 '1'은 지워지지 않았다. 그사이에 남자의 난동은 더욱 심해졌다. 말리는 경비 아저씨의 음성까지 온 아파트 단지에 울렸다.

"아니, 이거 왜 이러십니까? 경찰에 신고합니다! 빨리 가세요!"

"여기 우리 집이야! 어떤 놈이야! 다 나와! 다 죽여 버릴 거야!"

소연이한테서는 여전히 답이 없었다. 그때였다.

"소연이 너! 이놈의 기집애! 애비가 왔는데 내다보지도 않냐!"

귀가 번쩍 뜨였다. 소연이의 이름이 들렸기 때문이다. 동명이인일 리가 없다. 이 아파트 단지에 소연이가 두셋씩 살리는 없었다. 황급히 김청강 작가에게 전화를 걸었다.

"선생님, 소연이 누나네 왔는데, 문자는 안 받고요, 지금 어떤 아저씨가 소연이 누나를 부르면서 난동을 부려요!"

김청강 작가는 침착하게 말했다.

"아, 그래? 소연이 아버지인 모양이다. 그럼 지금 책 주지 말고 넌 그냥 집으로 가라."

"네? 아버지가 와서 왜 난동을 부리죠?"

"소연이 아버지가 지금 엄마랑 별거 중이다. 곧 이혼한다 그러는데, 아마 술 먹고 와서 난동 부리는 것 같다. 알코올 중독이라고 했거든. 괜히 가까이 가지 말고 어서 가."

"아, 네."

전화를 끊었다. 가슴이 뛰기 시작했다. 예쁘고 착한 소연이에게 그런 아픔이 있을 줄이야. 아픔이 있어서 소설을 잘 쓸 거라고 했던 윤석훈 기자의 말이 그제야 이해가 되었다. 돌아서 가려는데 여자들 울음소리가 들렸다. 유리창이 한 차례 더 깨졌다. 경비 아저씨의 목소리도 거칠어졌다.

"이 사람이! 112 신고해야겠어! 빨리 가요!"

"놔! 내 집이야!"

그때 찢어지는 듯한 소연이의 울부짖음이 들렸다.

"아버지 이러지 마아아아아!"

그 순간 피가 거꾸로 솟는 것 같았다. 단번에 엘리베이터를 타고 7층으로 올라갔다. 복도는 사람들로 가득 차 있었다. 몇몇 사람들은 자기네 집 현관문을 반쯤 연 채 구경하면서 주위를 기웃거렸다. 사람들 틈을 뚫고 지나가자 경비 아저씨가 웬 남자를 끌어안고 있었다. 양복이 다 흐트러지고 손이 온통 피투성이가 된 사내가 경비 아저씨에게 제압되어 있는 상황이었다.

"여러분, 빨리 112 좀 불러 주세요!"

경비 아저씨가 외쳤지만 사람들은 그냥 자기 집으로 문을 닫고 들어가 버렸다. 사내는 고래고래 고함을 질렀다.

"이것들이! 애비가 왔는데 문도 안 열고! 소연이 네 이년! 공부 시켜 놨더니 쳐다보지도 않는 거냐?"

그때 문이 열렸다.

"아버지 제발 가! 빨리 가라고!"

소연이가 밖을 내다보며 부르짖었다. 현준이가 아는 그 소연이가 맞았다. 한 번도 흐트러진 모습을 보이지 않던 소연이가 상기된 얼굴로 눈물을 줄줄 흘리는 것을 보자 현준이는 가슴이 찢어지는 것 같았다.

그 순간 소연이 아버지가 벌떡 일어났다. 그 서슬에 경비 아저씨가 나뒹굴었다. 소연이 아버지는 미친 듯이 달려가 문을 잡아당겼다. 문 밖을 내다보던 소연이는 두려운 나머지 문을 안으로 당기려 했지만 역시 온몸으로 버티는 성인 남자를 힘으로 이길 순 없었다. 문이 다시 바깥으로 열리고 있었다.

"도와주세요! 도와주세요!"

소연이가 외쳤지만 아무도 나서는 사람이 없었다. 그 순간, 현준이는 자기도 모르게 달려갔다. 아홉 켤레의 구두로 남은 사내가 달려가듯 그렇게 뛰어간 거였다. 그리고 뒤에서 힘껏 소연이 아버지를 끌어안았다.

"아저씨, 이러지 마세요!"

"뭐야, 넌 또?"

"이러지 마시라고요!"

뒤로 잡아당기는 순간 소연이 아버지는 문손잡이를 놓쳤다. 쾅 소리와 함께 문이 닫혔다.

소연이 아버지는 제정신이 아니었다. 온통 충혈된 눈으로 뒤를 돌아보자마자 냅다 현준이에게 주먹을 휘둘렀다. 그 주먹에 맞은 현준이는 눈앞에 불이 번쩍 하는 것 같았다.

"아악!"

뒤로 벌렁 나뒹굴며 손을 짚었는데 손끝이 서늘했다. 바닥에 낭자하게 깔려 있는 유리 조각을 짚은 거였다. 쓰러진 현준이 위로 소연이 아버지의 발길질이 쏟아졌다.

그 순간 순찰차 사이렌 소리가 아파트 단지에 가득 울려 퍼졌다.

제 8 장
# 그럼에도 불구하고

병원에는 항상 소독약 냄새가 떠돌아 어린 시절 공포
의 추억을 되살린다. 크레졸 냄새에 중독이 될 때쯤 현준이
는 눈을 떴다. 밤새 끙끙 앓다가 깊은 잠에 빠졌던 현준이
가 잠에서 깬 것은 다음 날 아침이었다. 온몸 여기저기가 쑤
시지 않은 곳이 없었다. 더듬어 보니 온통 붕대 투성이였다.
오른손과 왼손은 물론이고 얼굴에도 붕대가 감겨 있었다.
간호사가 와서 물었다.

　"괜찮아요?"

　"네."

　그러고 보니 어제 응급실로 실려 왔다 입원한 기억이 났
다. 소연이 아버지는 경찰이 오고 난 뒤에도 한참 동안 난동

을 부렸다. 쓰러진 현준이를 수차례 짓밟고 때렸다. 자기를 방어할 능력이 없는 현준이는 호되게 벽에 머리를 부딪힌 뒤 정신을 잃었고 그대로 응급실에 실려 온 거였다. 응급실에서 손에 박힌 유리 조각들을 빼내고 봉합을 했다. 머리는 뇌진탕 기가 있다고 CT촬영을 했다. 얼굴도 타박상에 눈가가 2센티미터 정도 찢어졌다. 현준이는 상당한 부상을 입었다. 의사는 허둥지둥 달려온 엄마에게 현준이의 상태를 설명했다.

"다행히 크게 다치진 않았습니다. 타박상에 가벼운 뇌진탕이어서 며칠 쉬면 좋아질 겁니다. 오늘 하루만 입원하면 될 것 같아요."

엄마는 안심했다. 어디가 부러지거나 한 게 아니었기 때문이다.

의사는 한마디 더 했다.

"진단서 끊어 드릴까요?"

"네. 가해자에게 책임 물어야죠."

상대가 누가 되었건 간에 자기 아들을 이 지경이 되도록 두들겨 팼는데도 참을 엄마는 세상에 없었다.

"어떻게 된 거냐?"

엄마는 현준이에게 자초지종을 물었다.

"김청강 선생님 심부름 갔다가 소연이 누나 아버지한테

맞았어요."

화를 억누르며 이야기를 다 들은 엄마는 진단서를 들고 곧바로 경찰서로 쫓아갈 것처럼 분해했다. 어쩐 일인지 그날 아빠는 오지 않았다.


눈을 떠 보니 엄마가 쪼그린 채로 누워 자고 있었다. 소변이 마려워 현준이는 조심스럽게 일어나 팔에 걸려 있는 링거 주머니를 끌고 화장실에 가려고 했다. 그러자 엄마가 눈을 떴다.

"어디 가, 화장실?"

"네."

"엄마가 데려다 줄게."

"아뇨, 괜찮아요."

현준이가 입원한 6인실 침대 여기저기에 사람들이 누워 있는 것이 보였다. 일어서니 머리가 핑 돌았다. 아직도 뇌진탕 기가 남아 있는 것이 분명했다. 메슥거리며 속에서 욕지기가 올라왔다. 간신히 참고 화장실에 가 소변을 보다가 그만 변기에 그대로 배 속을 비우고 말았다.

"욱, 욱……."

뇌진탕이 일어나면 어지럽고 구토를 한다더니 그 말이 맞는 것 같았다. 뒤늦게 엄마가 달려와 등을 쓰다듬어 주며 말했다.

"괜찮니?"

"괜찮아요, 어지러워……."

"그래, 그래, 빨리 누워."

푸석푸석한 얼굴로 엄마는 현준이가 자리에 눕자 땀에 젖은 머리카락을 매만져 주었다. 자리에 누우니 다시 올 것 같던 잠은 오지 않고 온몸에 묵직하게 통증이 전해져 왔다. 손을 들어 보니 손바닥과 손목 등에 붕대가 칭칭 감겨 있었다. 깨진 유리 조각을 짚으며 뒹굴다 이 지경이 된 거였다. 그러면서 눈에 떠오르는 것은 소연이었다. 어떻게 그런 무지막지한 아버지한테서 소연이 누나 같은 딸이 나왔나 싶었다. 하지만 다시 생각해 보니, 원래부터 악인은 없지 않나 싶기도 했다.

"소연이 아버지라는 사람 고소하기로 했다."

"……."

"애를 이 지경으로 팼으니 입건시켜야지, 당장."

뭐라고 말하려다 현준이는 참았다. 한번 결정한 일은 절대 바꾸지 않는 엄마의 성격을 잘 알기 때문이었다.

"아빠는 왜 안 와요?"

"너희 아빠? 나중에 말해 줄게."

엄마는 말문을 닫았다. 아마 부부싸움이라도 한 모양이었다.

멀쩡히 학교를 다닐 때는 며칠 입원해 봤으면 좋겠다는 생각을 한 적도 있다. 입원해서 문병이나 받고 친구들이 가져오는 과일 통조림이나 먹으면서 쉬면 좋겠다는 생각을 했는데 정작 입원을 하게 되자 그게 결코 좋지만은 않았다.

의사와 간호사가 와서 이곳저곳 상처를 살펴보더니 말했다.

"오늘 검사 결과 보고 오후에 퇴원할 수 있으면 퇴원하세요. 큰 이상은 없습니다."

"아휴, 감사합니다, 감사합니다."

엄마는 전치 6주의 진단서를 받아서 가방에 넣고 있었다. 소연이 아버지를 고소해서 콩밥을 먹이겠다는 거다.

"못된 사람…… 내가 콩밥을 멕일 거야."

"엄마, 그러지 마……."

"그러지 말라니. 너 지금 이 꼴 해 가지고 그런 소리가 나와?"

엄마는 어딘가에 한풀이라도 해야 할 사람처럼 분을 참지 못해했다.

아침식사로 미역국과 밥을 먹고 나자 텔레비전에서 아줌마들이 보는 연속극 소리가 요란하게 쏟아져 나왔다. 옆에 있는 휠체어에 앉아 보니 화장실을 가거나 병원 복도로 나가는 데 무척 편하다는 것을 알 수 있었다. 휠체어에 꽂혀 있는 폴대에 링거를 걸고 현준이는 슬슬 휠체어를 굴려 병실 복도로 나섰다. 엄마가 원무과에 일이 있다고 잠깐 내려가 있는 사이에 병원 구경을 했다. 동네의 크지 않은 병원이었지만 환자들이 여기저기에서 환자복을 입고 돌아다니고 있었다. 자판기에서 음료수를 꺼내 돌아섰을 때 저쪽에 교복을 입고 오는 소연이가 눈에 들어왔다.

"어? 누, 누나!"

"현준아……."

소연이 옆에는 처음 보는 소연이 엄마도 함께 서 있었다. 소연이는 주스 상자를 들고 있었다.

"현준아, 미안해……."

"누, 누나……."

"많이 안 다쳤어?"

"괜찮아, 누나는 어때?"

어젯밤에 그 난리를 쳐서인지 소연이의 얼굴은 아직까지 퉁퉁 부어 있었다. 그러나 얼굴은 여전히 예뻤다.

"학생, 미안해, 우리 집에 왔다가 애 아버지가 이렇게 해 가지고…… 내가 대신 사과할게."

소연이 엄마가 고개를 숙였다.

"아니에요, 괘, 괜찮아요……."

"우리가 뭐라고 할 말이 없어. 소연이 아버지가 저렇게 알코올 중독자가 되어 가지고 여러 번 사고를 쳤는데 이번에도 또……. 곧 입원할 건데도 저렇게 와서 난동을 부려. 미안해 학생, 병원비랑은 우리가 다 보상할게."

"저, 괘, 괜찮은데……."

그때였다. 업무과에서 볼일을 마치고 온 엄마가 현준이에게 다가오더니 안절부절못하며 서 있는 두 여자를 보고는 바로 눈치를 챘다.

"아니, 그 집 아저씨가 우리 애를 이렇게 때렸다면서요?"

소연이 엄마는 고개를 조아리며 현준이 엄마에게 말했다.

"아휴, 죄송해요. 죄송해요. 이걸 어떡하면 좋아요. 입이 열 개라도 할 말이 없네요……."

"아니 어쩜 그럴 수가 있어요?"

병원 복도에서 떠드는 엄마가 부끄러워 현준이는 얼굴을 붉혔다.

"엄마, 사람들 있잖아……."

그제야 엄마도 정신을 차렸는지 목소리를 낮췄다. 아마도 현준이와 소연이가 곁에서 보고 듣는 것이 부담스러운 것 같았다.

"어떻게 어린애를 이렇게 마구 짓이길 수가 있어요? 지금 저희가 진단서 끊어 놨어요. 가만 놔두지 않을 거예요!"

"잘하셨습니다. 저희도 어떻게 할 수가 없어요. 그 인간이 워낙 막돼 먹어서."

소연이도 고개를 푹 숙이고 있었다. 자기 아버지를 욕하는 엄마의 말이 듣기 싫었는지 괴로운 표정이었다.

"저기 아래에 카페 있으니 거기 가서 잠시 얘기 좀 나눠요, 어머니. 제가 병원비는 다 보상하겠습니다. 주위 사람들 시선도 있으니까……."

엄마도 그 말이 옳다 싶었는지 소연이 엄마와 함께 엘리베이터를 타고 아래로 내려갔다. 복도에는 현준이와 소연이만 남았다. 두 사람 사이에 머쓱한 적막이 흘렀다.

"누나, 이쪽에 야외 정원 있어. 거기 가자."

"응……."

"학교는 안 갈 거야?"

"학교? 좀 늦게 간다고 말했어. 너 문병하고 가려고."

현준이는 가슴이 뛰었다. 모범생이라 학교는 결코 빠진 적이 없을 것 같은 소연이가 자신을 위해 등교도 미루고 이렇게 문병을 와 준 것이다. 정원에 들어서자 저 멀리 월요일 오전의 일상이 펼쳐지고 있었다. 사람들은 바쁘게 출근하고 있었고 도시의 뿌연 매연 위로 태양은 이제 곧 달아오를 태세로 떠오르고 있었다.

"현준아, 미안해."

"괜찮아, 누나. 김청강 선생님 심부름 때문에 간 거였는데 뭐."

"우리 아버지가 그래. 어른들은 어쩔 수가 없는 것 같아."

소연이는 자신의 이야기를 했다.

식당을 크게 하던 소연이 아버지는 손님을 접대하며 술을 한두 잔 마시다 어느새 알코올 중독자가 되었다. 처음에는 그게 장사하느라 어쩔 수 없는 일이라고 여기고 엄마도 용인했지만, 어느새 돌이킬 수 없는 알코올 중독으로 이어졌고 식당도 망하게 되었다는 것이다. 그와 동시에 경제난을 겪게 되면서 두 분 사이도 나빠졌다. 그렇게 가정이 흔들리다 이혼 직전까지 갔다는 이야기를 듣고 현준이는 고개를 끄덕였다.

"괜찮아, 누나, 누나 잘못 아니잖아."

그 말에 갑자기 소연이가 돌아섰다. 그러더니 어깨를 들썩이며 흐느끼기 시작했다. 현준이는 자신이 뭘 잘못했는지 알 수 없었다.

"누, 누, 누나…… 내가 뭘……."

한참을 울던 소연이는 잠시 후 평정을 되찾았는지 코를 훌쩍이며 현준이를 향해 돌아섰다.

"아니야, 내 잘못이 아니라는 말, 처음 들어서 그래."

소연이는 모든 것을 자신의 잘못으로 여기고 있었는지도 모른다. 그렇게라도 원인을 찾아야 납득이 되기 때문이리라.

"내가 소설을 쓰고 글을 쓰는 이유도, 우리 아버지 이야기라든가 살아온 이야기를 글로 쓰지 않으면 터져 버릴 것 같아서였어. 다행히 엄마가 김청강 선생님한테 보내 주셔서 이렇게 계속 글을 쓸 수 있게 된 거야."

현준이는 고개를 끄덕이며 소연이의 눈을 바라보았다.

"우리 아버지 고소해도 괜찮고, 너를 이렇게 때렸으니 벌받아도 마땅하다고 생각해. 하지만 현준아, 나랑은 계속 친하게 지내 줄 거지?"

현준이는 자신의 귀를 의심했다. 친하게 지내자는 말에 현준이를 하늘을 다 가진 기분이었다.

"누나, 물론이야! 나랑 친하게 지내 줄 거야?"

살짝 웃는 소연이의 얼굴은 환한 달덩이 같았다.

"그래! 누나! 나도 누나랑 친하게 지낼게! 그리고 나 공부하고 글 쓰는 거 누나가 많이 도와줘!"

"좋아!"

소연이는 환하게 웃었다. 그러면서 말했다.

"우리 아버지가 널 이렇게 만든 거 내가 대신 사과할게. 그리고 빨리 나아. 빨리 나아서, 너 축구하는 모습도 보고 싶어."

"응, 알았어."

"엄마 어디 있나 찾아보고 올게. 나 학교 가야 해."

"누나, 잘 가."

현준이는 엘리베이터 앞에서 소연이와 작별 인사를 나누었다.

"그래, 빨리 나아."

소연이를 보낸 현준이가 화장실에 들렀다 침대에 눕자, 잠시 후 엄마가 올라왔다.

"에휴……."

"왜 엄마?"

"너 병원비 하라고 돈 주고 갔다. 소연이 아버지라는 인간 한 짓은 괘씸하지만, 지금 돈 한 푼도 없는 폐인이라더라. 그냥 용서해 달라고 비는 통에…… 아무래도 고소하는 것보다는 그냥 합의해 주고 처벌을 원치 않는다고 해야 할 것 같다. 그리고 그 애랑 김청강 선생님한테서 같이 배웠다면서?"

"엄마, 잘했어요."

"이 자식 봐. 이거 속도 없이 잘했다는 거 봐?"

"그나저나 아빠는 왜 안 와?"

"너희 아빠는 나중에 올 거야."

"왜요?"

"에휴, 남의 집 얘기 할 때가 아니지."

"뭔데?"

"야, 너희 아빠가 나랑 사는 게 피곤하단다."

"네?"

"집에서 살림하고 사업도 안 되니까 남자가 정신이 나간 모양이야."

"무슨 말이에요?"

"어디 시골 가 가지고 누구랑 무슨 농사를 짓는다는데, 울금인가 뭔가 듣도 보도 못한 작물 농사를 짓는다 그래서 그냥 사라져 달라 그랬어. 가서 죽든지 살든지."

"엄마, 그러면 어떡해요?"

"뭘 어떡해? 나랑 살기 싫다는데."

"이혼하는 거예요?"

"이혼 아니야."

"그럼 별거예요?"

"뭐 그, 그거 비슷하지."

그래도 이혼이 아니니 다행이었다. 현준이는 더 이상 할 말이 없었다. 안 그래도 아빠 엄마 사이가 심상치 않아 언젠가 위기가 올 것 같다는 생각은 늘 하고 있었다. 현준이가 김청강 작가와 함께 공부한 문학 작품을 보면 어른들은 툭하면 이혼하고 별거하고 어쩌면 그렇게 많은 문제를 가지고 사는지 알 수가 없었다. 그런데 그 문제가 현준이네 집에도 예외가 아니었다.

"레스토랑도 잘 안 돼서 관둘라 그래. 너 성적도 떨어지고 집안도 이 모양인데 네 공부라도 열심히 시켜야지. 엄마가 레스토랑 권리금 받고 팔기로 했거든. 당분간 1, 2년은 그걸로 버틸 수 있으니까, 너 공부 뒷바라지하는 데 치중할 거야. 네 아빠도 없으니 살림살이가 걱정이긴 하지만 뭐 어쩌겠니. 하늘이 무너져도 솟아날 구멍이 있겠지. 휴우!"

"엄마 레스토랑 점점 잘돼서 좀 있으면《미슐랭 가이드》에 나올지도 모른다며?"

"너 어떻게 엄마의 꿈을 알았어?"

"전에 말했잖아요.《미슐랭 가이드》라고 요리 전문 잡지 있다고. 거기에 엄마 레스토랑 나오는 게 꿈이라고."

"꿈을 수정해야지……. 우리 아들 신경 쓰고 보살피는 걸로."

엄마가 자신을 위해서 신경 써 준다는데 싫을 건 없었다. 하지만 꿈을 접었다니 엄마가 섭섭했겠다는 생각이 들었다.

"엄마 다시 가게 나가 봐야 하니까 혼자 잘 있어. 이따 오후에 퇴원 준비해 가지고 올게. 선생님이 너 퇴원해도 된대."

"알았어요."

그날 오후 학교가 끝나자 종민이와 친구들이 문병이랍시고 찾아와 한참을 떠들었다. 그러나 엄마가 와서 퇴원 수속을 밟을 때까지 아빠는 나타나지 않았다.

며칠이 지난 뒤, 현준이는 학교에서 돌아오는 길에 아빠를 만났다. 아빠는 이미 현준이가 입원해 있는 동안 짐을 싸서 시골로 내려갔다 지금 올라오는 길이었다. 벌써 새카맣게 얼굴이 그을려 있었다.

"현준아!"

"아빠?"

학교 앞에서 전화를 걸고 현준이가 나오기를 기다리고 있던 아빠는 근처 빵집으로 현준이를 데리고 갔다.

"다친 데는 괜찮냐?"

"네."

"자식, 살다 보면 그렇게 불똥이 튀기도 하는 거야. 어디 손 좀 보자."

아빠가 현준이의 손에 감겨 있는 붕대를 보더니 말했다.

"음, 별거 아니네. 아빤 옛날에 17 대 1로 싸우다가 팔 부러지고 찢어졌어도 지금 건강하잖냐."

"17 대 1이었어요?"

"응. 내가 17 중에 하나이긴 했어. 하하하."

객쩍은 웃음에 현준이도 웃었다. 아빠가 아직 유머 감각을 갖고 있다는 게 다행이었다.

"그래, 너를 김청강이한테 맡겼으니까 다행이다."

"정말요?"

"그래, 김청강이 너를 이렇게 잘 키워 줘서 아빠는 걱정이 없다. 사실 지금에서야 말인데 내가 나중에 부탁했어."

"뭐라고요?"

"아빠 대신 널 잘 이끌어 달라고. 아빠도 진도에서 언제든지 올라올게."

"아빠, 진도까지 가요?"

"응, 진도에서 농사지어서 돈 많이 벌면 내가 멋지게 컴백하마."

"음, 아빠는 그게 아빠의 말뚝이군요."

"뭐라고?"

"아니에요, 그런 게 있어요."

그랬다. 아빠에게는 아빠의 말뚝이 있었다. 자신의 말뚝을 찾아가는 사람을 말릴 수는 없는 거였다. 그건 마치 현준이가 스카우터가 되기로 결심한 거나 마찬가지였다. 결국 모든 인간은 방향타가 될 수 있는 꿈이 있어야 활기차다는 것을 알 수 있었다.

"그런데 아빠, 농사 실패해도요, 엄마랑 헤어지진 마세요. 저 그럼 슬퍼요."

"알아, 알아, 인마. 네 엄마랑 왜 헤어지겠냐. 안 헤어지려고 이렇게 진도까지 가는 거야."

"그럼 다행이에요."

아빠는 용돈을 쥐여 주고 지하철역으로 사라졌다. 현준이는 쓸쓸한 마음으로 학원을 향해 걸어갈 수밖에 없었다.

　며칠 뒤 토요일이었다. 한자 공부를 대충 하고 현준이는 김청강 작가의 작업실을 찾아갔다. 소연이도 와 있었다.

"괜찮니?"

"응, 누나."

"고마워, 현준아. 우리 아버지 용서해 줘서."

"아니에요. 누, 누나가 병원비도 다 줬잖아."

"병원비 줬어도 너 그렇게 어른한테 맞고 그랬는데 마음에 상처 입을까 봐 걱정이야."

"누나, 외상후스트레스증후군 걱정하는 거 맞죠?"

"너 그런 것도 아니?"

"걱정하지 마세요. 내가 요즘 그런 거 다 공부하고 있잖아요. 내가 그런 거에 흔들릴 것 같아요? 몇 대 좀 맞았다고?"

　소연이가 씩 웃었다. 김청강 작가가 둘을 보면서 말했다.

"어쭈, 너희 둘 친해졌네? 비 온 뒤에 땅이 굳는다더니 이 녀석들, 공부 좀 해 볼까?"

　그날 한자시험은 둘 다 만점을 맞았다. 소연이가 다시 한 번 눈을 들어 현준이를 쳐다봤다.

"대단한데?"

　으쓱해진 현준이가 씩 웃으며 말했다.

"한자는 쉬워요, 원리를 알면."

읽어 오라고 한 책에 대한 토론까지 하고 쉬는 시간을 가졌다. 김청강 작가가 입을 열었다.

"현준아, 소연이는 오늘이 마지막이야."

청천벽력이었다.

"네? 무슨 말씀이세요?"

소연이가 고개를 숙였다.

"부모님이 이혼하기로 합의했고, 엄마랑 나는 외삼촌이 계시는 부산으로 이사 가기로 했어."

"누나, 부산까지 가요? 학교는요?"

"전학해야지."

"정말요?"

"응, 외삼촌이 부산에서 사업하시는데 엄마가 거기에서 경리 회계 담당하기로 했어. 나도 엄마 따라 내려갈 거야."

"누나……."

"그래, 나도 섭섭해. 하지만 괜찮아. 김청강 선생님한테는 계속 이메일로 지도 받기로 했고, 몇 년 뒤에 서울에 있는 대학 오면 그때 다시 만나면 되잖아."

섭섭하기 짝이 없었다. 처음으로 이성에게 호감을 느끼게 해 준 소연이가 부산까지 간다는 거였다.

"괜찮아, 메시지 하면 되지."

"그래도……."

"김청강 선생님 밑에서 계속 공부하는 한, 너는 걱정 없어. 윤석훈 기자님하고도 가끔 연락이 되잖아."

그러자 김청강 작가가 말했다.

"그럼! 언제 내가 한번 제자들 쫙 모아 연말에 송년회를 할 거다. 그때 얼굴 보면 되지 않니."

현준이 풀이 죽은 얼굴을 하자 김청강 작가가 머리를 쓰다듬어 주었다.

"이 녀석아, 그런 거 가지고. 누나한테 계속 연락하고 궁금한 거 있으면 물어보고 그래. 이 녀석이, 너 누나 좋아하냐?"

"아니에요, 좋아하긴요!"

"그럼 너 나 안 좋아해?"

소연이가 장난스럽게 말했다.

"아, 좋아, 아니, 그러니까……."

이러지도 못하고 저러지도 못하며 현준이는 머리를 긁적였다. 지켜보던 김청강 작가가 분위기를 바꾸는 이야기를 했다.

"녀석, 싱겁기는. 내가 너한테 옛날에 자전거 이야기 했지?"

"네, 선생님."

"그때 자전거에 대해서 얘기 안 한 게 좀 더 있어. 그때 석환이가 자전거를 잃어버렸잖아."

"네."

"그래서 그 뒤로 우리는 자전거를 한 대 훔치기로 작정했 단다."

"네? 훔쳐요?"

"응."

김청강 작가는 또다시 자전거 이야기를 이어 나갔다.

"석환아, 우리 자전거를 너무 많이 잃어버렸으니까 이젠 하나쯤 훔칠 자격이 있어."

"그런가……?"

"그래. 네가 지금까지 다섯 대를 잃어버렸다며? 이젠 한 대 정도 훔쳐도 될 때야."

청강의 말에 석환은 솔깃했다.

"어, 어떻게?"

"너 자전거 열쇠 많이 있잖아."

사실이었다. 석환은 10개도 넘게 자전거 열쇠를 갖고 있 었다. 그동안 탔던 자전거 열쇠를 모두 보관하고 있었기 때 문이다.

"야, 이거 있잖아, 아무거나 막 찔러 보다 보면 가끔 자물 쇠가 열리는 것도 있어."

자전거를 잠그는 자물쇠는 그다지 정교하지 않았다. 꽂아서 맞을 확률도 굉장히 높았다.

"방법이 있어."

석환의 귀에다 대고 청강은 자신이 생각해 낸 작전을 말해 주었다.

중간고사 마지막 날이었다. 3교시면 시험 세 과목이 다 끝나는 것이었다. 시험이 끝날 때쯤 갑자기 석환이 배가 아프다며 배를 감쌌다. 시험지를 걷고 종강을 하기 위해 담임선생님이 들어왔을 때 석환이 울상을 지으며 말했다.

"으, 선생님 배가 아파서…… 양호실 좀 갈 수 있을까요?"

"그래? 양호실 가."

"어, 선생님. 종례는……."

"양호실 가서 약 먹고 쉬다가 집에 그냥 가라."

"아, 네……."

석환은 짐짓 힘이 없는 척하고 교실을 빠져나가면서 청강과 눈빛을 교환했다. 청강은 가슴이 설렜다. 당연히 석환은 양호실로 가는 게 아니었다.

교실 밖으로 나온 석환은 재빨리 가방 속에서 교련복을 꺼내 갈아입었다. 그런 다음 도수 없는 시커먼 뿔테 안경을 쓰고 서둘러 학교 건물 뒤로 내려갔다. 자전거 거치대에 정리되어 있는 수백 대의 자전거가 보였다. 그 가운데 아무것에나 열쇠를 꽂았다. 세 번 만에 자물쇠가 철커덕하고 열렸다.

아직 종례 중이어서 어디에도 사람은 보이지 않았다. 자전거를 끄집어 낸 석환의 가슴은 쿵쾅거리며 뛰었다. 자전거에 올라타 돌아서자 그제야 여기저기에서 아이들이 쏟아져 나왔다. 잠시 뒤에는 자전거들도 쏟아져 나올 것이었다.

석환은 첫 번째로 교문을 통과했다. 교련복과 검은 안경은 나름의 변장이었다. 뛰는 가슴으로 석환은 자기 집까지 단숨에 달려가 지하실로 자전거를 가지고 내려갔다. 놀랍게도 자전거는 새로 산 지 며칠 안 된 완전한 새것으로 기어도 10단이나 되는 고급품이었다.

"이런……."

석환은 자신도 모르게 엄청난 일을 저질렀다는 사실을 깨달을 수밖에 없었다. 그제야 교실에 남아 있을 청강이 떠올랐던 것이다. 청강은 종례가 끝나자 천천히 목발을 움직여 혼자 힘으로 집으로 돌아왔다. 두어 시간 뒤 석환이한테서 전화가 왔다.

"어떻게 됐냐?"

청강은 궁금하던 것을 물어보았다.

"성공이야! 아무도 몰라. 근데 이 자전거, 너무, 너무 새거야."

"어? 새거라고?"

"그래. 완전 고급이야. 이거 어떡하지?"

"야, 그거 주인이 보고 자기 건 줄 알면 어떡해?"

"그래서 내가 지금 완전히 변장시켰어. 좀 이따 너희 집으로 갈게."

그 얘기를 듣고 있던 현준이가 물었다.

"선생님, 그러면 선생님도 공범이잖아요."

"그렇지. 내가 범죄를 계획한 놈이지. 내 친구는 그걸 실행한 놈이고."

"우아, 정말요? 그래서요?"

"뭘 그래서야? 석환이가 자전거를 가지고 왔더라."

석환이 타고 온 자전거는 정말 기가 막히게 새것이었다. 하지만 자세히 보니 석환은 집에 있는 여러 가지 액세서리와 부품으로 자전거를 감쪽같이 다른 것으로 만들어 놓았다. 핸들도 바꿔 버리고 안장도 갈았다. 뿐만 아니라 페달까지 교체했다. 그러다 보니 프레임은 그대로지만 부속품은다 달랐다.

"이렇게 하면 자전거 주인이 봐도 자기 건 줄 몰라. 그리고 말이야, 이거 새 자전거여서 오히려 아직 주인 눈에 익지 않았을걸?"

청강은 만족스러운 표정으로 고개를 끄덕였다.

"자, 시승식이야. 타라, 타."

청강은 자전거에 올라 석환과 함께 동네를 돌았다. 기어를 바꿀 때마다 자전거는 자연스럽게 움직였고 그동안 탔던 어떤 자전거보다도 부드럽게 굴러갔다.

"우아, 선생님 정말 대단하세요. 근데 지금 그거 걸리지 않아요?"

현준이가 걱정스러운 표정으로 물었다.

"걸리긴. 30년 전 일인데 걸리겠니?"

"하, 하긴요……."

"공소시효 다 지났지."

"그럼 그 자전거 타고 계속 다니셨어요?"

"그렇지. 다음 날부터 석환이가 우리 집에 와서 자전거에 날 태워 가곤 했단다."

"독서실도 다니셨겠네요?"

"그럼. 독서실도 갔지."

"누나도 이야기 들었어?"

고개를 들어 소연이에게 물었다. 이렇게 재미있는 이야기를 알고 있었냐는 뜻이었다.

"아니, 선생님이 자전거 타고 다니셨다는 이야기는 들었지만……."

"그러면 독서실 갔을 때 그 여자들도 만나셨어요?"

"누구?"

"있잖아요, 선생님 좋아했던 여자 그 왕⋯⋯."

말을 하려다 입을 다물었다. 차마 왕유라고 말할 수가 없었다. 소연이가 어떻게 생각할지 몰랐기 때문이다.

"걔네들도 계속 독서실 다녔지. 선배하고 사귀게 되었고."

"우아, 그랬군요. 많이 속상했겠네요?"

"아냐, 이미 마음을 접었는데 뭘. 그때 그 선배가 너희 아버지 아니냐."

현준은 깜짝 놀랐다.

"네? 그게 무슨 말씀이세요? 저, 저, 정말요?"

"그래, 너희 아버지. 내 고등학교 1년 선배였어. 윤석훈 기자 아버지는 대학교 1년 선배고."

"어, 모, 몰랐어요⋯⋯."

"허허, 이 녀석, 정말 몰랐구나."

"그럼 와, 왕유는⋯⋯."

"허허, 녀석. 너희 엄마잖아."

"네에?"

현준이는 뒤로 나가떨어질 뻔했다. 엄마와 아빠의 연애담을 김청강 작가의 입을 통해 듣게 될 줄은 꿈에도 몰랐던 것이다. 얼굴이 붉어졌다. 김청강 작가가 자기 엄마를 왕유라는 별명으로 불렀을 줄이야.

"어머, 선생님, 재밌어요. 그럼 그때 선배 아들이 현준이 예요?"

"그렇단다. 인연이 참 지겹지? 전에 내가 이 세상 모든 것에는 다 이유가 있다고 했던 말 기억하지? 지금은 납득할 수 없어도, 나중에 내가 왜 그런 일을 했는지, 왜 그때 그런 경험이 필요했는지 알게 된다고 했을 게다. 내가 너희 엄마와 아빠를 만나고 이렇게 현준이 너를 만난 게 인연이잖니. 이 세상에 쓸데없는 건 하나도 없어. 그게 우주의 섭리란다."

"와, 신기해요."

"게다가 또 재미있는 일은 뭔지 아니?"

"뭔데요?"

"한 두어 달 뒤였어. 석환이가 나랑 같이 독서실에서 공부하다 자전거를 타려고 내려왔는데 글쎄, 우리가 훔친 자전거를 또 누가 훔쳐갔더라."

"네? 정말요?"

"응."

"그럼 어떡해요 선생님, 또 훔쳐야 해요?"

"아냐. 근데 자전거가 없어졌으면 화가 나야 하잖니? 근데 석환이 이 녀석, 자전거가 없어지니까 비로소 얼굴을 펴는 거야."

"왜요?"

"개운하다고. 훔친 자전거를 타고 다니려니 얼마나 괴로웠겠냐?"

현준이는 고개를 끄덕였다.

"사실 나도 그랬어. 훔친 자전거를 타는데 맘이 편치 않았단다. 그래서 며칠 뒤 내 돈하고 석환이 돈하고 합쳐서 싸구려지만 자전거를 하나 새로 장만했지. 그걸 타고 졸업할 때까지 다녔단다."

"아, 그랬군요."

"그래서 여기서 얻을 수 있는 교훈은 뭘까? 소연이."

"글쎄요, 사춘기의 방황이라고나 할까요? 아니면 일탈?"

"그래, 그럴 수도 있지. 청소년기니까 남의 자전거 훔치는 게 얼마나 나쁜 짓인지 알긴 하지만 피부로는 못 느끼는 거야. 난 그래서 청소년들이 사고를 치면 꼭 반성하고 다시 제대로 된 삶을 살 수 있도록 기회를 줘야 한다고 주장하는 사람이다. 나부터도 그런 짓을 했는데 뭐. 현준이는?"

"어, 그, 글쎄요. 영어 단어가 생각나요."

"영어? 그래 말해 봐."

"이지 컴 이지 고(Easy Come, Easy Go)요."

"음, 쉽게 온 건 쉽게 간다고? 것도 좋아. 맞는 말이야. 이녀석, 많이 컸구나."

소연이가 웬일이냐는 듯한 눈빛으로 현준이를 쳐다보았다. 그날 수업은 그렇게 김청강 작가의 자전거 이야기를 듣는 것으로 끝이 났다.

소연이가 짐을 싸고 떠나려 하자 김청강 작가는 책꽂이에 있는 책 중에서 이것저것을 뽑아 주며 말했다.

"소연아, 이거 이사 가서도 잘 읽고 작품 계속 써라. 너는 내가 사랑하는 제자니까."

"선생님, 감사합니다."

"자, 현준아. 사진 좀 찍어라."

현준이는 두 사람이 포즈를 취하자 사진을 찍어 주었다. 그리고 소연이와도 기념사진을 남겼다.

"자, 그럼 조심해서들 가라. 현준이는 다음에 숙제 잘해 오고. 넌 인마, 꿈을 향해 이제부터 달려야 하니까 정신 차려라."

인사를 하고 둘은 건물을 내려왔다. 현준이가 소연이가 받은 선물을 옆구리에 끼고 와 자전거 짐받이에 묶었다. 둘은 걸으며 이야기를 나누었다.

"누나, 나중에라도 작가 되면 나 잊지 마."

"그래. 나중에 너에 대한 소설도 쓸 생각이야."

"정말?"

"음. 너처럼 무식한 애가 맘먹고 공부해서 성공한다는 내용으로."

"에이, 그런 게 어디 있어!"

"호호호호! 농담이야 농담."

"누나, 사실은 우리 엄마 아빠도 별거 중이야."

"정말?"

"아빠가 농사지으러 진도에 내려가셨어."

"그래도 다행이다. 우리 아버지는 술을 마시잖니. 너희 아빠와 엄마는 다시 합칠 가능성이 있지만…… 우리 아버지같이 스스로를 망가뜨리면 그렇게 돼. 너 아빠가 스스로 망가지지 않도록 잘해 드려."

소연이네 집 앞까지 가서 책을 건네주고 현준이는 돌아섰다. 오래지 않은 기간 동안이지만 김청강 작가에게서 배우며 삶에 대해 그리고 책에 대해 많은 것을 알게 되었다. 그 전까지 단순무식하게 살았던 자신의 삶은 더 이상 생각하기 싫었다. 세상에는 공부해야 할 것도 많았고 알아야 할 것도 많았다. 결국 인간들은 정답 없는 삶을 살아가야 하는 거였다. 다시는 소연이를 못 본다는 생각에 소연이가 들어간 뒤에도 현준이는 한참 동안 소연이가 사는 아파트를 올려다보았다. 7층 복도에서 소연이가 고개를 빼꼼 내밀어 내려다보다 현준이가 가지 않고 있자 손을 흔들며 말했다.

"현준아, 어서 가. 잘 가!"

"응, 누나. 잘 있어!"

자전거를 타고 돌아오는 길이 그렇게 허탈할 수가 없었다. 며칠간은 공부가 되지 않을 것 같았다. 이것을 이별이라고 하는 건지도 몰랐다. 같이 공부했다는 것만으로도 가슴이 이토록 아린데 몇 년간 사귄 연인은 어떻게 헤어질지 상상도 할 수 없었다.

그날 저녁 현준이는 저녁을 먹고 밖으로 나왔다. 공원 벤치에 자전거를 세우고 현준이는 하늘을 올려다보았다. 하늘에는 별들이 반짝였다. 아빠와 김청강 작가가 만났던 이야기도 다시금 떠올랐다. 그러고 보니 엄마는 지금도 가슴이 좀 풍만한 것 같긴 했다.

엄마의 얼굴과 소연이의 얼굴이 겹쳤을 때 갑자기 떠오른 것은 윤석훈 기자였다. 생각나면 언제든지 연락하라던 그에게 현준이는 전화를 걸었다. 신호가 한참 울린 뒤 그가 전화를 받았다. 시끌벅적 요란한 소리가 주위에서 들렸다.

"여보세요?"

"윤 기자님, 저 현준이예요."

"어, 현준이! 그래! 헤이 요~!"

윤석훈 기자는 술에 취한 것 같았다.

"어디세요?"

"어, 나 지금 술집이야."

"네에?"

"술집에 있다고. 너 놀라지 마라. 지금 내가 누구랑 같이 있는 줄 아냐?"

"누군데요?"

"박찬후 선수 알지?"

"네? 바, 바, 박찬후 선수요?"

"그래. 내 옆에 있어. 바꿔 줄까?"

"네?"

뭐라고 생각할 여유도 없이 방송에서 듣던 낯익은 목소리가 들렸다.

"여보세요? 박찬후입니다."

"윽!"

"여보세요."

지금 당황해서 말을 못 하면 영원히 박찬후 선수와 이야기할 기회는 없는 거였다.

"안녕하세요? 박찬후 선수님! 여, 영광입니다! 저 현준이예요! 저, 저 윤 기자님 후뱁니다!"

"허, 그래, 현준이? 얘기 들었다. 네가 나중에 메이저리그 스카우터가 된다면서?"

"네! 그게 꿈이에요."

"하하하, 그래, 그 꿈 꼭 이루도록 해. 메이저리그 스카우

터가 되는 데 궁금한 게 있으면 뭐든지 물어봐. 언제든지 도
움을 줄게."

"정말이에요? 가, 감사합니다."

꿈인가 생시인가 싶었다. 윤석훈 기자는 다시 전화를 받자
마자 말했다.

"현준이 너 이리로 올래?"

"네?"

"박찬후 선수 소개해 줄 테니까 올래?"

"제, 제가 가도 될까요?"

"그럼, 그럼, 와, 와. 내가 맛있는 주스 한 잔 사 줄 테니.
튀어 와!"

"아, 네! 그럼 거기 계신 곳 위치 문자로 찍어 주세요. 그
리로 달려갈게요."

"그래, 내가 여기 주소랑 전화번호 문자로 찍어 줄 테니
튀어 와!"

전화를 끊자마자 현준이는 지하철역을 향해 자전거를 달
렸다. 박찬후 선수를 만날 수 있다니. 꿈에 그리던 박찬후가
아니던가. 그때 윤석훈 기자에게서 문자가 왔다.

인생이라는 축구에서 크로스를 정확하게 머리로 받아 꿈
이라는 골을 넣기 위해서는 다양한 인문학 법칙은 물론, 인
연과 네트워크의 작용이 필요하다. 포물선을 그리며 날아오

는 기회를 받은 사람은 기회의 중요성과 시간, 속도, 가능성을 빠르게 계산해야 하며, 그 기회를 덥석 받을 건지, 아껴둘 건지, 남에게 넘길 건지도 순간적으로 판단해야 한다. 이 모든 과정은 준비가 되어 있어야 가능하다. 실력과 함께 열정과 노력, 그리고 주위의 도움까지. 그렇게 해서 기회를 잡으면 몸과 마음은 충실하게 목표를 향해 움직인다.

현준이에게 지금 이 순간 박찬후 선수와의 만남은 바로 그러한 계산에 의한 것이었다. 윤석훈 기자가 날려 준 기회를 받아 자기 것으로 만들기 위해 힘껏 뛰었다. 계산대로라면 온몸으로 기회를 받아 하늘로 날아올라야만 한다. 현준이는 어둠을 향해 질주하면서 자신이 지금 꿈에 한 발짝 다가가고 있다고 생각했다. 인생이 비록 수없이 많은 어둠과 굴곡과 아픔과 고통의 연속일지라도 가야 할 곳은 밝은 빛으로 빛나고 있음을 온몸으로 느낄 수 있었다. 그것은 빅 보이가 되는 길이기도 했다.

# 빅 보이

ⓒ 고정욱

초판 1쇄 펴낸날  2014년 11월 25일
초판 12쇄 펴낸날  2023년 6월 5일

| | |
|---|---|
| 지은이 | 고정욱 |
| 그림 | 정은규 |
| 펴낸이 | 조은희 |
| 편집장 | 한해숙 |
| 편집 | 신경아 |
| 교정 | 장미향 |
| 디자인 | 최성수, 이이환 |
| 마케팅 | 박영준, 한지훈 |
| 홍보 | 정보영, 박소현 |
| 영업관리 | 김효순 |
| 펴낸곳 | 주식회사 한솔수북 |
| 출판등록 | 제2013-000276호 |
| 주소 | 03996 서울시 마포구 월드컵로 96 영훈빌딩 5층 |
| 전화 | 편집 02-2001-5823 영업 02-2001-5828 |
| 팩스 | 02-2060-0108 |
| 전자우편 | isoobook@eduhansol.co.kr |
| 블로그 | blog.naver.com/hsoobook |
| 페이스북 | chaekdam |
| 인스타그램 | chaekdam |

ISBN 979-11-85494-71-5  43810

큐알 코드를 찍어서
독자 참여 신청을 하시면
선물을 보내 드립니다.

 책담  다른 내일을 만드는 상상